致青春

當我飛奔向你（上）

竹己——著
虫羊氏——繪

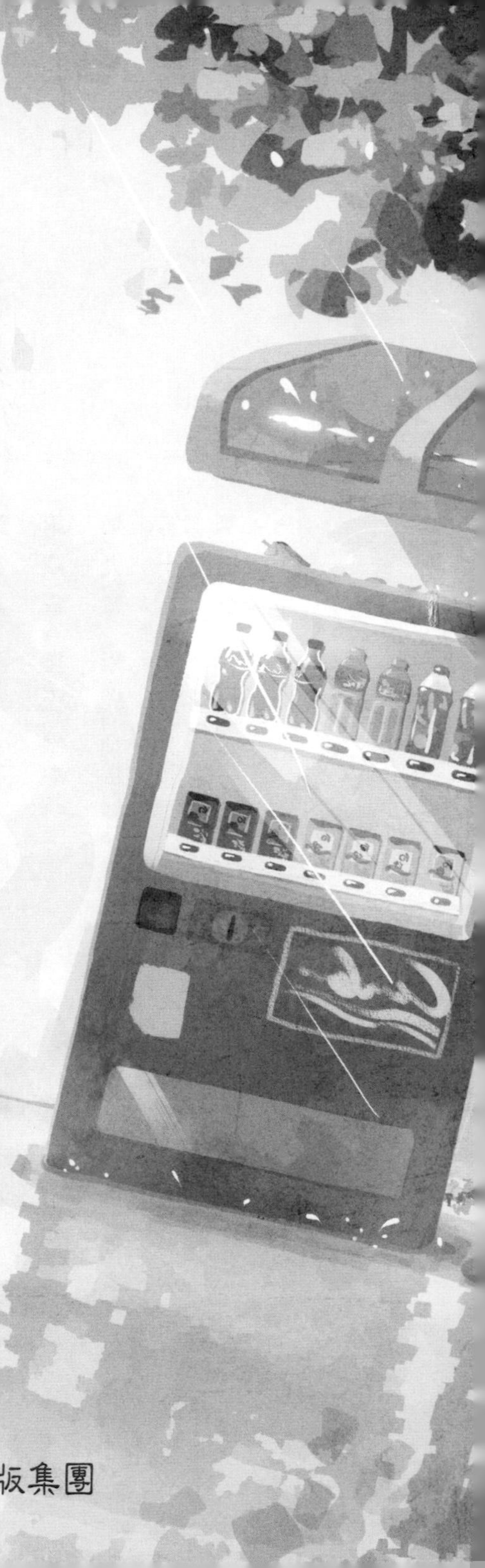

高寶書版集團

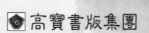

目錄

CONTENTS

第一章 貓耳朵男友？

喂，覺得榮幸嗎，大美人。
就算你沒有貓耳朵，我還是看上你了。

——《蘇在在小仙女的日記本》

連假過後兩天，Z市連續下了幾天的雨，淅淅瀝瀝，但卻無幾分涼意，空氣中仍舊帶著燥熱。

下課期間的校園，總是熱鬧的。走廊上迴盪著學生的笑聲以及打鬧聲，還附著淺淺的雨聲。嘈雜中，蘇在在抱著一大疊英語習作從辦公室裡走了出來。

走進教室後，她咬著牙把習作放在門旁邊的桌上，伸手擦了擦汗，拿起最上面的那一本。身後響起了腳步聲，姜佳猛地撲到她的身上，笑道：「在在！走啊！去福利社！」

蘇在在吹了吹瀏海，對她晃著手中的習作：「妳等等，我去資優班一趟，英語老師讓我幫她找她們班的一個男生。」

「找誰？」

聞言，蘇在在翻開了習作的封面。

——張陸讓，高一一班。

字跡一板一眼，遒勁有力，看起來整齊又張揚。

姜佳湊過來看了一眼，眼睛立刻瞪得老大：「我靠，張陸讓啊！我也要去！」

她這麼大的反應讓蘇在在愣了一下，但很快就反應過來：「張陸讓長得很帥？」

「對啊！雖然我沒見過哈哈哈，不過我對另外一個男生比較有興趣，據說超級他媽的帥，痞痞的帥的那種！」

「呵。」蘇在在輕笑。

「妳幹嘛？」

「我這笑夠痞嗎？」

「滾，狗屁。」

她們很快便到了資優班門口。

蘇在在後門喊住裡面一個人，把習作遞給他：「同學，幫我把這個給你們班的張陸讓，順便跟他說英語老師找他。」

她轉頭，看著還在伸頭往裡頭張望的姜佳，也忍不住朝著她視線的方向瞅了瞅。

「哪個啊？」

「好像不在……」

「那走吧。」

回去的路上。

姜佳有些失望，對著蘇在在翻了個白眼：「妳居然對帥哥一點熱情都沒有！資優班的兩個帥哥我到現在一個都沒見過啊啊啊啊！剛剛妳應該親自把習作遞給張陸讓好不好？為什麼要讓別人轉交！妳這個沒有責任心的女人！」

「我怎麼沒有責任心了？」

「呵呵。」

「我又沒有上他。」

「……」

「而且妳不是要看另一個男的嗎？」

「看不到就將就一下看張陸讓啊！反正也是帥哥。」

蘇在在輕嗤：「我對帥哥沒興趣。」

姜佳撇了撇嘴，一臉不屑：「少吹牛。」

蘇在在表情很認真：「真的，我只對巴衛那樣的感興趣，有雙可愛的貓耳朵，說話的時候還會一動一動的，想捏。」

「妳做夢吧，人家是狐狸耳朵好嗎，大哥！而且巴衛不帥？滾遠點！」

蘇在在打了個哈欠，懶洋洋地說道：「帥不是重點，重點是有對可愛的耳朵呀。」

「……我再怎麼想，都覺得帥才是重點。」

趁著下課，兩人回教室拿了傘，下樓往福利社走去。大部分學生都趁著這個時間出來買東西吃，所以福利社那處的人並不少。

在裡頭轉了一圈，沒看到想買的，而且空間很小，排隊的隊伍長的嚇人，空氣悶熱難受。蘇在在抿了抿唇，頓時沒了買東西的欲望，緩緩地擠開人群，走了出去。

福利社外簷的帳篷下也站了很多人，她猶豫了一下，將傘打開，往外頭走了些。

這個位置剛好能看到校門口。

有個學生從那頭走了過來，沒撐傘，步伐大而迅速。

幸好雨勢不大，讓他看起來沒有那麼狼狽。

遲到？這也太遲了吧，都第二節下課了。

蘇在在垂頭，揉了揉睏倦的眼睛。她百無聊賴地用鞋尖點著地上的水坑，忍不住低聲道：「蠢貨，要是我就乾脆下午再來了。」

反正遲兩節課和遲一個上午都是遲到。

不懂得爭取這種大好機會，就把這個機會讓給她好嗎？

說完蘇在在便抬起了頭，瞬間發現那個學生已經走到自己斜前方兩公尺處。

兩人的視線對上，他的眼神意味不明，瞳孔是深邃的黑色，帶了點威懾力，清清冷冷，燦若星辰。

蘇在在：「……」

……他是飛過來的吧。

明知道他肯定沒聽見，而且就算聽見了也不知道自己是在說他，但是蘇在在還是很心虛地移開了雙眼。

少年的腳步很快，與她擦肩而過，轉到前面那條小路上。

蘇在在轉頭，看著他的背影，恍了神。

後勁一下子就上來了。

她飛快地收回了眼，頰邊漸漸燒了起來。

剛才的畫面重新出現在腦海中。

少年的雙眸像是被雨水沖刷過，濕潤清澈，彷彿帶了電，刺到心臟，酥酥麻麻的感覺從心頭湧了起來，傳至指尖，握傘的手發顫。

髮絲沾水，漆黑如墨，鼻骨挺直，嘴唇瑩潤泛紅，膚白腿長，細腰窄臀。

大美人……

蘇在在舔了舔唇。

從福利社出來的姜佳打斷她的思緒，將她從莫名的意淫中扯了出來。

「蘇在在！滾過來！我沒帶傘！」

蘇在在舔唇的動作一頓，回過神，抬腳走了過去。

回教室的路上，姜佳在旁邊嘰嘰喳喳地說著班裡的八卦，蘇在在隨口應了幾聲，完全聽不進去。

腦袋像是裝了一團漿糊，昏昏沉沉的。

姜佳很快就注意到她的不對勁，忍不住拍了拍她的手臂，調笑道：「妳幹嘛啊，還在想妳的理想型？貓耳朵男朋友？」

蘇在在搖了搖頭，神情稍滯，沒說話。她想起自己剛剛說的話。

——「帥不是重點，重點是有對可愛的耳朵呀。」

打、打臉了……

蘇在在真的沒想過，這世上竟然會有這樣的存在。

沒有貓耳朵，看起來卻更誘人。

地理老師敲著黑板講著課。

蘇在在狀似很認真的聽著，握著筆將黑板上的內容一一抄在自己的書本上，內心卻劈里啪啦地想著剛才的事情。

她第一次在地理課上走神。

往那條小路走，那他大概是高一或者高二的……

高三大樓在另外一個方向。但高一、高二那麼多個班，也猜不出是哪個啊。

煩死了，早知道就不去福利社了。

不對，不關她的事情……

都怪那個大美人！幹嘛看她！不知道長得好看不能隨便看別人嗎！

一點都不矜持！

蘇在在心情不好的時候，表現得很明顯，姜佳一下子就能感受到她的低氣壓：「喂，妳幹嘛？沒吃飽？」

蘇在在沒理她，心情煩躁的很。

外頭的霧氣將景色染成一團團斑駁色彩。她的眼瞼低垂，濃密捲曲的睫毛輕顫，桃花眼上揚，折射出琉璃色的光芒。

那景色頓時成了背景，被襯得黯然失色。

姜佳欣賞了一陣子，讚嘆道：「唉，在在，妳要是不說話，我還以為妳是從天上掉下來的仙女。」

聽到這話，蘇在在頓了頓，心中的煩躁一消而散。她的眼睛立刻溢滿了笑，彎成漂亮的月牙。

心裡帶了點竊喜。

如果能當仙女，一輩子當啞巴都行。

「但是妳一說話，」姜佳嘆了口氣，「那種感覺就像是，那個仙女突然往我嘴裡塞了一口屎。」

她痛心疾首的拍著胸：「不是別的東西啊，是屎啊！滿滿的一口屎！」

蘇在在轉頭看她，眼神有些微妙：「那屎還不夠堵住妳的嘴？」

「……」蘇在在拿起課本，將第一段念了出來：「大氣中的一切物理過程都伴隨著能量的轉換，太陽輻射能是地球大氣……」

姜佳覺得很莫名其妙：「妳幹嘛？」

「最重要的能量來源。」她堅持把這段讀完，才回答姜佳的話，「我不介意讓妳吃多點屎。」

姜佳：「……」

張陸讓走上樓。

雨勢不大，但身上也被淋得半濕。

「喂，張陸讓。」一個男生從後頭拍了拍他的肩膀，大呼小叫的，「你去幹嘛了？班導師找你！」

張陸讓看了他一眼，扯了扯嘴角，算是回應。他抬腳往自己的座位上走去，從抽屜裡拿出一包衛生紙，扯出兩張，慢騰騰地揉搓著頭髮，嘴角緊抿。

前桌的女生葉真欣轉過頭來，好奇地問：「喂，你怎麼全身都濕了？淋雨了？」

張陸讓低頭，又扯出幾張衛生紙擦著身上的水，神態漫不經心。

「嗯。」

而後他便走到教室角落的垃圾桶旁，把衛生紙扔了進去。

旁邊的男生窩成一團，看著其中一個人的手機笑罵：「蠢貨！這關我幾百年前就過了，你居然還在玩！」

張陸讓的腳步頓了一下。

少女軟軟的嘟囔聲如同重播那般，一字一句的在耳邊迴盪。

——「蠢貨，要是我就乾脆下午再來了。」

他的眼睛黑亮深邃，隱晦不明。望過去時，她眼神不定，心虛地別開了眼。

果然，是在罵他。

第二章　美少年

看他遲到了還那麼淡定，大概是個慣犯。我可以守株待兔幾天，一定能抓到他。

——《蘇在在小仙女的日記本》

下課鐘響了起來。

講臺上的老師將粉筆扔進粉筆盒裡，視線在班級裡掃了一圈：「沒交作業的自覺來辦公室找我，下課。」

學生立刻站了起來，懶懶散散地鞠躬：「謝謝老師，老師再見。」

知道張陸讓上課的時候不喜歡被打擾，葉真欣一直忍到下課才敢回頭問他：「張陸讓，你隔壁桌去幹嘛了？」

他將身子向後靠，手上還拿著筆，骨節明顯，彎起的弧度美好。

「請假。」

聲音清越低沉，不帶情緒，像是深夜裡悶聲下的雨。

葉真欣瞪大了眼，羨慕地嘟囔著：「啊？幹嘛請假……連假才剛過兩天就請，也太爽了吧。」

等了一陣子，沒有得到回答。

張陸讓稍稍抬了抬眼，將桌面上的那本英語習作拿了起來，翻到上次寫的那一頁，看著十五題錯了十三題的完形填空，眼神終於有了一絲波動。

前面的女生繼續說：「怎麼突然請假了，國文課上還好好的。」

他無意識地用手中的筆敲了敲桌子的邊緣，平直的嘴角向下彎了些，眼裡燃起煩躁的隱火。

淺淺的，幾乎看不出來。

反應過來後，他看向葉真欣，輕聲道：「不知道。」

她還在說話，話題已經扯到了另外一個方向。

張陸讓站了起來。

葉真欣一愣：「你去哪？」

他眉眼淡淡，沒有回答，拿著英語習作往門外走。

另外一邊，蘇在在被姜佳揪著往廁所的方向走去。

路上，姜佳突然想起一件事情，「對了，在在。」

蘇在在從口袋裡拿出一包衛生紙，扯出最後一張，然後將袋子扔進洗手檯旁邊的垃圾桶裡。擦著手，她應了聲：「嗯？」

「運動會快到了，妳要不要參加什麼項目？」

「有什麼項目？」

「很多啊，跳高、跳遠、一分鐘跳繩、十人十一腳。」

蘇在在正想回答，餘光注意到一個少年從辦公室旁的樓梯走了上來，轉身往辦公室的方向走。背影高瘦，髮尖滴水。

她的瞳孔一緊，心中燃起不確定的緊張與驚喜，還未等她走過去，便看到那個少年手中的習作掉到地上。

他彎下腰，露出側臉。

……不是。

蘇在在有些失望，在心裡默默地罵了句髒話。她一個絕世大美女，竟然被區區美男子擾了心神。

奇恥大辱。

見她沒反應，姜佳還以為她是沒有聽到感興趣的項目，便繼續道：「還有一百公尺、兩百公尺、八百公尺，跟鉛球什麼的。」

蘇在在表情懨懨，懶洋洋地問道：「最多就八百公尺了嗎？」

聽到這話，姜佳有些反應不過來，不解地問：「啊？妳還想要更長嗎？我覺得八百公尺就能讓我要死不活了。」

進教室前，蘇在在不死心地轉頭再看了一眼。

辦公室的門大開著，旁邊的桌椅上，兩個女生一站一坐，彎著眼笑嘻嘻地聊著天。雨水敲打在碧藍色的欄杆上，幾個男生正在打鬧。

她收回了眼。

與此同時，一個少年從樓梯走上來，右轉走進辦公室。

蘇在在坐在自己的位子，趴在桌子上，半張臉埋在臂彎裡，只露出一雙明亮清澈的大眼睛：「我覺得，八百公尺太埋沒我的體育細胞了。」

姜佳嘴角一抽：「妳明明……」

「沒有一萬公尺不要叫我參加。」

「放屁！」姜佳大吼。

吼聲太大，原本還在吵鬧的班級頓時被震得鴉雀無聲。

隨後，一個男生湊了過來，調侃道：「誰放屁啊。」

姜佳表情嚴肅：「絕對不是蘇在在。」

關瀚眉心一抬，眼裡帶了幾分調笑：「那是妳啊？」

「是你。」姜佳說。

蘇在在攤了攤手：「的確是你。」

關瀚：「……呵呵。」

他過來的目的不是為了背鍋的好嗎？

姜佳一手捂住自己的鼻子，另一隻手捂住蘇在在半張臉，嫌棄道：「關瀚，你能不能不要在公眾場合放屁啊。」

關瀚拍了拍她的腦袋，橫眉豎眼：「妳找死啊。」

姜佳手上的力道沒放鬆一點：「找死也不聞！」

「……」

很快，鐘聲響起，堆成一團的同學立刻散開來，回到自己的座位。

沉默片刻後，姜佳將話題重新扯回剛剛那個：「我記得妳上次體育課跑五十公尺就喘得跟狗一樣，妳跟我說一萬公尺？」

蘇在在無辜地眨了眨眼：「喘得跟狗一樣？」

「妳別一副不懂的樣子，想讓我示範？做夢！」

然而蘇在在從來不按常理出牌……

她伸出舌頭快速地喘了幾下，獻寶似地問道：「這樣？」

姜佳：「……妳夠了，別發神經。」

沒過多久，國文老師走了進來。

蘇在在收起玩鬧的心思，聽國文老師的話攤開了課本。

她轉頭看向窗外。

樹枝依然被大雨拍打著，稍稍彎了腰。細細碎碎的水滴順著樹葉的脈絡往下滑動，下墜，掉落到地上。

還在下雨。

他沒帶傘，是不是又淋雨了。

還沒下課，姜佳就收拾好了書包，與宿舍另外兩人，筱筱和小玉對好了眼色，一副蓄勢待發的模樣。

這樣還不夠，看到沒有任何動靜的蘇在在，姜佳急躁地扯起她掛在桌子旁的書包，替她隨便塞了兩本書。

鐘聲一響，四個人就像是餓狼一般衝向餐廳。迅速地打了飯，找到位子坐下，有一搭沒一搭的聊著天。

小玉突然想起一件事情，問道：「話說，妳們有興趣參加校園之夜的節目嗎？我們班還沒準備啊，只剩兩個星期了。」

她是班裡的學藝股長，這些都要她來籌劃。

運動會持續兩天一夜，白天是運動項目，晚上是校園之夜，即每個班出一個節目舉辦的晚會。

筱筱接了話：「啊，妳有想法了嗎？」

「就是沒有才問妳們啊。」

突然間，蘇在在有了個念頭。

要不然她去表演吧，然後在末尾做個尋人啟事……

不過要怎麼說啊！

說長得很帥很帥，今天遲到路過福利社嗎！

或者是說，淋雨的時候格外禁欲誘人……

媽的，她自己都覺得有病。

吃完飯後，筱筱和小玉先回了宿舍，蘇在在陪姜佳一起去福利社。

走到福利社門外，蘇在在沒有什麼想買的，便在外頭等著姜佳。身旁的人很多，福利社外的三張桌子坐得滿滿的，聊著天，牽著小手，吃著桌上的泡麵。

人來人往，不免有肩膀與肩膀間的摩擦。

蘇在在向角落的方向挪了挪。

遠處傳來了兩個人的對話聲。

那個男生的聲音很粗獷，又嘹亮，十分引人注意：「張陸讓，你淋雨過來的？一起回去吧。」

張陸讓……不就是資優班的小帥哥嗎？

蘇在在順著聲源望去，被面前熙熙攘攘的人群蓋住了視線。

「——嗯。」

音色格外清冽，比雨後的空氣還要清爽。

她心神一蕩，又想起了今天早上看到的少年。

他安靜的從她身邊經過，髮尖好像還滴著水，鬢角處的髮黏在臉頰上。

水珠從漆黑的髮絲上一滴又一滴地掉落，染著髮色，讓蘇在在瞬間覺得，流出來的水也會是黑的那般。

雙眸黑漆漆的，襯著淨白的臉，格外亮眼。

蘇在在低頭看著手中的傘，眼睛有些失神。

惱怒的心情一下子就上來了，伴隨著荒誕的想法。

他一定是故意的，他一定知道自己長得有多勾人。所以他故意淋雨，故意從她面前經過。

故意……勾引她。

第三章　你一個眼神

哈，抓到了。

——《蘇在在小仙女的日記本》

隔天下課時，蘇在在準時拿著傘跑到昨天的位置蹲點堵人。

她不再垂頭用鞋子玩著地上的水坑，而是抬頭望著校門口的方向，神態認真到不行，甚至還把除了上課期間就不戴的眼鏡戴上了。

遠處是一片鬱鬱蔥蔥的樹木，被細雨和濃霧暈染成一團，色塊大而淺，景色宜人，美如畫。

出乎她的意料，大美人不是愛遲到的人。

那為什麼那天那麼淡定！

看來大美人是一個處變不驚的人，她很欣賞。

蘇在在蹲點的第三天，天氣放晴了。

下課時的廣播體操又開始了……

她決定改變策略。

大美人那天從校門口走過來，大概不是住校生，以後她早點起來蹲點好了，這樣總能堵到人吧。

最後一個動作做完後，教務主任在前面拿著麥克風，指揮學生回班級，但學生向來不聽，聽到「有秩序帶回」那幾個字，便搭著肩一哄而散。

姜佳被小玉扯去了福利社。

烈日當空，水泥地滾燙發熱，空氣黏稠如同凝固，操場周圍沒有綠蔭，蘇在在被曬得暈乎乎的，只想趕緊回教室。

蘇在在從人群中擠過，她垂著頭，雙眼盯著前方的地面，步伐小心輕慢，怕一個不小心踩到別人的腳。

然後……她的頭撞到一個人的下巴了。

那一刻，她聽到對方的下顎發出「喀——」的一聲，猶如骨頭移了位，與上顎骨分離。

蘇在在：「……」

她連忙抬起頭，臉上滿是歉意，道歉的話同時脫口而出：「對不起啊！人太多了……你沒事……吧……」

越到後面，聲音越低。

因為，她看到對方的臉，那張……她想了七十二個小時的臉。

少年的眉頭皺了起來，右手揉著下巴，額間滲出幾點汗，臉頰被曬得發紅，眸子微垂，冷淡地看著她：「沒關係。」

說完他便繞過她，往福利社的方向走。

蘇在在原本還在為這天上掉下來的餡餅震驚，一看他要走，立刻回過神，熱得要眩暈的腦袋也清醒了。

她連忙跟了上去，扯住他的手腕。

少年停下腳步，回頭看她，朗眉冷眼，側臉曲線緊繃，看得出來心情不悅。

蘇在在像是觸了電般立刻鬆開手，她咽了咽口水，緊張得手心一片濡濕，周圍那吵雜的人聲也猶如斷了線，耳邊一片寧靜。

他的氣息像是放大了那般，清透凜冽，纏繞在她的周邊。

蘇在在的手在制服褲上抹了抹，蹭去手中的汗。

眼前的人突然注意到什麼，眉眼間的冷漠稍稍瓦解，表情變得若有所思。

也因為這個，她鼓起了勇氣，覥著臉問：「……你叫什麼名字？」

蘇在在覺得很絕望。

超級絕望，絕望到生無可戀。

姜佳跨坐在椅子上，放了罐可樂在蘇在在的桌子上，笑嘻嘻的：「喂，妳幹嘛呀，我就離開妳一下子，妳怎麼這副死樣子。」

蘇在在瞟了她一眼，眼神放空，沒答話。

姜佳想了想：「妳生理期來了？」

對方是姜佳，蘇在在乾脆直接交待，表情憂傷：「我看上一個男生。」

「……」姜佳口中的雪碧差點噴出來。

「唉。」她用手指觸碰著可樂罐上的小水珠，鬱鬱寡歡道：「這些水滴，就像我心中那流不盡的眼淚。」

姜佳咳嗽了幾聲，伸手揉了揉她的腦袋：「……什麼情況，什麼男生啊，我見過嗎？什麼樣的？妳以前的同學還是什麼？」

蘇在在很誠實：「我不知道妳有沒有見過，但我是第一次見，前幾天在福利社外面等妳的時候見到的。」

「啊？一見鍾情啊？」

蘇在在點頭，想了想，又嘆著氣補充：「我剛剛回教室的時候又碰到他了，然後問了他的名字。」

聽到這個，姜佳的眼睛亮了：「我靠，夠有緣的啊，這都能碰到，叫什麼名字？我說不定認識呢！」

「蠢貨。」

「能不能好好說話，莫名其妙罵我幹嘛！」

蘇在在垂眸：「他就是這樣說的。」

她聽到的那一瞬間，確實傻眼了，怎麼一上來就罵人……

有點幻滅的感覺。

但很快她就反應過來，反應過來後的感受……比幻滅還慘。

蠢貨……

他的意思大概是：我叫做蠢貨，這不是妳之前喊的嗎？

她還敢繼續追問下去嗎……

蘇在在真的完全沒想到他能聽到那句話，而且還能準確地發現她就是在說他！

姜佳火了，重重地拍了拍桌子，怒道：「靠，他罵屁啊！問個名字有必要嗎！神經病！」

她的反應讓蘇在在頓了頓，抬眼看她，欲言又止。

「妳幹嘛！我說錯了嗎？妳還想替他說話？妳說妳什麼眼光！妳絕對是一個只看外表不看內在的人，還說對帥哥沒興趣？放妳個大屁！」

見姜佳情緒那麼激動，蘇在在清了清嗓子，語氣有些小心翼翼：「那個，我……就是，有可能是……之前他聽到我罵他蠢貨了……」

沉默了一瞬。

姜佳：「……當我剛剛的話沒說。」

又沉默了一瞬。

姜佳忍不住問：「妳罵他幹嘛？」

蘇在在也想不起當時自己是怎麼想的了……

「我感覺，如果他只說了『蠢貨』兩個字，別的什麼都沒說，應該是對妳的印象不太好……」姜佳的語氣有些小心翼翼，「他完全沒留下能讓妳再找到他的線索。」

好像是這樣……

蘇在在哀嚎了聲：「我後悔了，我是不是應該單刀直入跟他要聯絡方式……啊啊啊我當時緊張到根本想不到。」

先拿聯絡方式，別的再慢慢解釋就是了！

「妳要了更後悔。」

「……為什麼？」

「因為他不會給妳。」

「……」

「可能還會因此被他再羞辱一次。」

姜佳摸了摸她的腦袋，半開玩笑。

蘇在在微笑，用力地掰了掰她的手指：「滾。」

姜佳正想反擊，鐘聲就響了起來。

見蘇在在還是一副萎靡不振的模樣，她也失了興致，安慰道：「沒事，肯定還能遇到啊，學校才多大。」

蘇在在欲哭無淚：「嗯，高一、高二加起來也才六十個班。」

姜佳語塞：「……喝可樂吧。」

英語老師走了進來，班裡頓時鴉雀無聲。

蘇在在整理一下心情，雙手拍了拍臉頰，準備化悲憤為念書的力量。

喊了上課後，英語老師邊說著話邊在講臺上翻著資料。

一陣子後，她抬頭望向蘇在在：「小老師，我的教案落在一班了，一個藍色的資料夾，應該在講臺，去幫我拿過來。」

蘇在在點頭，起身，走出教室，大步往資優班的方向走。

怕老師和同學等太久，後來她乾脆小跑了起來。一路跑到資優班的門口，發出「噠噠噠」的聲響，伴隨著風。她小喘著氣，頭髮有些鬆散凌亂，喊了聲：「報告。」

見老師招了招手，她才走到講臺旁邊，小聲地說著：「老師，我來拿陳老師的教案，她說放在講臺上。」

老師翻了翻，遞給她一個藍色的資料夾：「這個吧？」

「嗯嗯，謝謝老師。」說完她便打算走了。

蘇在在轉身，目光不經意的掃視了大半個教室。突然，她注意到第一組的第三排外側坐著一個男生。

頭顱低垂，很認真的在紙上寫著東西，完全沒有被她這個外來的人吸引注意。這個角度能看到他的大半張臉，鼻梁白皙高挺，嘴角微勾。

背脊挺得筆直，氣質硬朗。

燈光打在他的睫毛上，在眼睛下方呈現出扇形的陰影。

蘇在在若無其事地收回了眼，淡定地走出了教室。

回教室的路上，她激動到想直接滾著回教室。

蘇在在忍不住在原地跳了兩下，暗自想著，要不是現在已經上課了，她大概可以連續尖叫一個小時，不間斷的那種。

到底是什麼狗屎運啊！她太感謝英語老師了啊啊啊啊啊！

坐到位子上後，蘇在在傳了個紙條給姜佳。

——上次妳說的，資優班有兩個帥哥，一個叫張陸讓，另一個叫什麼？

姜佳看了她一眼，有些疑惑她為什麼突然問這個問題，但還是乖乖的在紙條上寫了個名字。

——周徐引。

蘇在在舔了舔唇，把紙條捏成一團，小聲問道：「哪個更帥？」

她看上的男人絕對是絕色！沒有人能比得上他！

姜佳捏住蘇在在的手，因為英語老師在，她不敢太放肆，聲音很小，但語氣卻很激動：「雖然我沒見過，但是聽形容絕對是周徐引啊！」

「周徐引？」

「對啊！聽說長得驚為天人啊！」

驚為天人。

他一個淡淡的眼神，確實……驚為天人了。

第四章 「周徐引」

今天……
奔潰到不想說，呵呵。

——《蘇在在小仙女的日記本》

下午第一節下課後，蘇在在立刻站了起來。

正想往教室外走時，廣播裡響起了眼保健操的前奏音樂。

蘇在在立刻坐了回去，哀號一聲。

姜佳有些無語：「妳幹嘛？」

她面不改色地撒謊：「膀胱要爆了。」

眼保健操結束後，蘇在在立刻往高一資優班所在的三樓奔去，假裝去那裡上廁所的樣子，可惜沒遇到她的大美人。

她沒趕著回去，特地在走廊逗留了一陣子。然而直到上課鐘響了都沒碰上。

但就算沒碰上，蘇在在還是緊張得要死……

她覺得心臟幾乎快從身體裡跳出來，呼吸短暫又急促，像是氧氣不足無法呼吸，臉頰漲得通紅。

第二節課下課的時候，她死皮賴臉地扯著姜佳一起去。

蘇在在三句不離她男神：「我跟妳說，周徐引真的長得太好看了！長得超級勾人！妳說一個男的怎麼能長成這樣呢！受不了了啊啊啊啊周徐引……」

他的眼睛、他的鼻子、他的嘴巴巴拉巴拉……

姜佳：「……」

果然，神經病花癡起來還是很可怕的。

兩人走下樓，到三樓後左轉。

一眼就看到了從走廊盡頭往這邊走的「周徐引」。他迎面走了過來，抬眼的時候稍稍掃了她們一眼，很快就挪開了視線。

蘇在在呼吸一滯，挽住姜佳手的力道加重，如同落荒而逃那般地轉頭看向她，沒頭沒腦地轉了話題：「今晚吃什麼？」

姜佳有些反應不過來，腦袋裡全是被她灌輸的那三個字，下意識就吐了出來：「周徐引？」

張陸讓望了過來。

蘇在在的臉瞬間通紅，扯著姜佳加快了步伐。

走到女廁裡，蘇在在一臉崩潰：「怎麼辦啊，妳說他是不是聽到我們說要吃他了……啊啊啊啊好想哭！」

姜佳不敢置信：「他剛剛路過了？我怎麼沒發現。」

蘇在在把姜佳扯了出去。

這個時候，張陸讓剛好走到轉角處，他轉了個彎，露出半個側臉。

姜佳瞇了瞇眼，很快搖了搖頭：「太遠了，看不清……我剛剛顧著聽妳說話，沒注意別的。」

兩人又走回廁所內。

蘇在在打開水龍頭洗了把臉，神情鬱悶：「天哪，我感覺他只要一在我的視線範圍內，我就好緊張……」

「妳春心蕩漾了。」姜佳盯著她的臉，像是發現了新大陸，「第一次見妳臉紅，突然覺得好可怕。」

蘇在在順了順呼吸，抬頭看了看鏡子中的自己，摸了摸臉，認真道：「我倒是覺得挺嬌俏的。」

姜佳：「……」

週末回來兩天後，蘇在在對於自己這種一看到「周徐引」就緊張的反應感到很不滿，她琢磨一下，終於想到了吸引他的對策。

早上第三節下課後，她拿著水瓶對著姜佳說：「走，去裝水。」

姜佳翻了個白眼：「以後我們一天只去三次可以嗎？」

「妳再陪我去兩次，以後我靠自己。」

姜佳妥協地跟了上去。

路上，蘇在在很認真的反省：「我覺得像我之前那樣是不行的，見到他就立刻轉移視線，這樣完全不可能吸引他的注意。」

姜佳翻了個白眼：「所以妳要做什麼？」

「等等看到周徐引的時候，妳就大聲地喊我，喊全名，知道嗎？」

「……哦。」

從樓梯到三樓的飲水機處要路過資優班的教室，兩人走到資優班的時候，張陸讓剛好從裡頭走了出來，拿著水瓶。

兩人立刻加快腳步，跟在他後頭。

姜佳很配合地大喊：「蘇在在！」

蘇在在接著大聲地說：「我覺得那題不是這樣子的。妳看，汽車剎車過程是勻減速直線運動，採用逆向邏輯將其看作反向的由靜止開始的等速度直線運動……」

她劈里啪啦地說了一大堆，姜佳震驚得下巴都要掉了。

蘇在在很驕傲：「所以答案應該等於每秒二十公尺。」

嘿嘿嘿，學霸肯定會對成績好的女生有好感！

前面的張陸讓裝完水後，蘇在在也沒急著跟上去，閃著亮晶晶的雙眼問著姜佳：「我剛剛表現得怎麼樣？」

姜佳的表情有些不忍：「……妳這題背了多久？」

被戳穿了，蘇在在也不介意，誠實道：「昨晚一直在背。」

「妳剛剛代入數字的時候，加速度的單位背錯了……妳一直背公尺每秒……」

聽到這話，蘇在在傻了：「不然單位是什麼？」

「公尺每二次方秒……」

她沉默了，良久後才說：「佳佳，我們繞路回去吧。」

蘇在在實在沒勇氣路過資優班了。

耍帥，卻一下子被人發現是個假帥。

「佳佳，我覺得，我應該去挽回我的形象。」蘇在在坐在椅子上，冷靜地分析，「剛剛是我太衝動了，我應該拿我的英語或者國文來炫耀才對。」

姜佳極其無語：「……所以妳到底為什麼要說物理題啊，妳上次物理才考四十分妳不記得了嗎？」

「我覺得他長得像理科生……」

「大哥，都還沒分文理組好嗎！」

蘇在在彎腰，崩潰的在桌子上磕了幾個頭：「那妳覺得我要不要去背篇英語作文挽回一下我的形象？」

姜佳摸著下巴想了想：「我覺得還是別了吧，妳不如好好的跟他道個歉，去跟他解釋一下妳上次不是罵他什麼的……」

蘇在在的眼睛一亮：「妳說得對！妳說得太對了！我等等就去！」

看到她這副模樣，姜佳失笑。

蘇在在拿出鏡子，用梳子梳了梳頭髮，嘴裡念念有詞：「唔，先把自己打扮的美若天仙，迷惑他的心神。」

很快，她嘆了口氣。

姜佳被她反覆的情緒搞的有些莫名其妙：「妳幹嘛？」

「我覺得很有危機感。」蘇在在盯著鏡子中的臉，咬了咬唇，「妳說他會不會照著照著鏡子就愛上自己了？」

姜佳：「……」

蘇在在越想越自卑：「我感覺在他的世界裡，所有人都長得很醜。」

「……妳太誇張了。」

「妳說周徐引會不會因為自己的容貌然後彎了，於是就將就的跟資優班另外一個小帥哥在一起了……」她腦洞越開越大。

「……」

「不行！那個張陸讓！必須離我的周徐引遠一點！」

「閉嘴吧。」姜佳敲了下她的腦袋，「不過，聽別人都說周徐引長得是痞帥痞帥的那種，我怎麼只感覺到高冷……」

「痞有什麼好？」蘇在在不在乎，「我就喜歡他這副禁欲又清冷的模樣，太帥了！真帶勁。」

「別意淫了好嗎？讓人家在妳的腦海裡休息一下吧姐姐。」

「好吧，讓他休息十秒。」

「……」

「我開始數了啊，十、九、八……」

「……」神經病。

下課後，蘇在在決定自食其力，沒有讓姜佳陪她。

她一邊為自己打氣一邊往資優班走，不斷的在心中重複著等等要說的話：你好，我是九班的蘇在在，就是上次在操場問你名字那個……

還要說什麼……

蘇在在還沒想到，就到了資優班門口。她深呼口氣，從前門的位置能看到他正坐在椅子上，靠著椅背，單手拿著一個本子，臉上沒什麼表情。

坐在他前面的女生跟他說著話。

蘇在在收回視線，喊住往前門這邊走的一個男生，小聲地說：「同學，能幫我叫一下你們班的周徐引嗎？」

聽到這個名字，那個男生立刻就往張陸讓那邊看，然後馬上反應過來：「啊，他請假了。」

請假？

蘇在在石化了……

什、什麼啊！他不就坐在那嗎！他們都看不到嗎？

蘇在在抬起手，驚慌失措地指著張陸讓：「他、他……」

坐在第二組第一排的一個男生猛地笑了出聲，轉頭看向張陸讓：「喂，張陸讓，你不行了啊，這週有三個來找周徐引的，你才兩個！」

聽到他的聲音，張陸讓抬起頭，瞟了前門一眼。

正好看到蘇在在指著他，他的眉峰微不可察地皺了一下，垂下頭，輕輕的「哦」了一聲。

張陸讓……

原來，整整四天，她都意淫錯人了——把她真正的意淫對象想成了假想敵。

……她要回去殺了姜佳。

第五章　主動出擊

大美人比臉皮更重要。

——《蘇在在小仙女的日記本》

「姜佳，我覺得我們的友誼走到了盡頭。」蘇在在從書包裡翻出一張一毛錢，拍在她的桌子上，「這是我們的分手費。」

姜佳把錢折好，放到自己的口袋裡，隨口問：「哦，怎麼說？」

「我的大美人根本就不叫周徐引！他是張陸讓啊！」蘇在在越想越絕望，「他一定會覺得我是個水性楊花的女人，見到帥哥就雙眼發光的庸俗女人，嗚嗚嗚……」

倒是沒想到這個，姜佳眨了眨眼：「真的是張陸讓啊？」

「怎麼感覺妳一點都不驚訝。」

「因為我就覺得他是張陸讓啊，看氣質像一朵高嶺之花。」

「……那妳怎麼不跟我說？」

「妳那天把我扯過去就一口一個周徐引，而且還一副那麼肯定的模樣，我還能說什麼！指著他說他是張陸讓嗎？我又沒見過！」

蘇在在瞬間萎了：「那……那不是妳跟我說，周徐引更帥的嗎？」

「聽形容我肯定喜歡周徐引啊！」姜佳理直氣壯，「我對高冷的一點興趣都沒有，我喜歡吊兒郎當、玩世不恭的那種。」

「不行！」蘇在在掐住她的臉，怒道：「就算妳喜歡周徐引那種類型，妳也必須覺得張陸讓是最帥的！」

「我靠！憑什麼！」

「因為這是事實，妳不能否認。」蘇在在更理直氣壯。

「滾，別想改變我的審美。」姜佳拍了她一巴掌，「我跟妳說，妳說不定見了周徐引就移情別戀了呢，顏狗。」

「不可能。」

「為什麼不可能？」

蘇在在很認真：「就是不可能。」

姜佳沒再逗她，笑了笑：「看不出來，癡情的可愛在在。」

場面突然安靜了下來。

蘇在在趴在桌子上，枕著手臂，嘆息：「唉，妳說得對，我就是一個沒有責任心的人，我得改改我這個毛病。」

「啊？我什麼時候說妳沒責任心了？」

「就上次拿英語習作給張陸讓，妳說我不親自把習作遞給他，讓別人轉交。」

姜佳立刻想起來了，調笑道：「哈哈哈我想起來了，妳不是跟我說妳不想上他嗎？」

「我現在想了。」

「……」

「突然想起來，妳當時居然說將就看看張陸讓！」

「……姐姐，我錯了。」提起英語習作，蘇在在捶胸頓足：「天哪，早知道他是張陸讓我就應該背英語作文才對，背什麼物理題啊！」

姜佳好奇了：「為什麼？」

蘇在在後悔莫及：「英語老師讓我幫她把習作給張陸讓的時候跟我稍微提了一下，張陸讓的英語超級差，老師懷疑他會因為英語被分出資優班，所以最近都在督促他的英語。」

「哈哈哈這個我倒不知道啊！」姜佳捧腹大笑，「不過我聽說他成績很好啊，英語居然這麼差。」

「所以我應該在他面前賣弄英語才對。」

姜佳搖了搖頭：「妳這樣反而會招來他的嫉妒心。」

她這話如同醍醐灌頂，蘇在在連忙感激地握住她的手：「有道理，謝謝大神的提點。」

「不過到底是有多差啊，讓英語老師那麼費心……」

蘇在在想了想：「去掉聽力滿分一三五，他大概零頭都考不到，也就三十左右吧……」

「……選擇題猜也能猜到三十吧。」

「這樣想想他也很厲害啊！英語居然能考三十分！」

「……」

「天啊，莫名覺得好萌啊！資優班的大學霸英語比我低了一百分哈哈哈哈，果然是大美人，太可愛了。」

「……妳有毒。」

雖然蘇在在的心態已經調整過來了，但接下來的兩天她還是沒有勇氣去找張陸讓，怕印象分被拉得更低。

她還在想對策中。

大雨在她思考的時候來臨，氣勢洶洶。

蘇在在望著窗外大顆的雨點，迅速又劇烈地砸在地上，發出一陣又一陣巨大響聲，嘩啦啦的。

雨天總是讓人莫名惆悵。

蘇在在轉頭看向姜佳，嘆息了聲，而後很認真地說：「佳佳，我覺得我太矜持了。」

她這樣還矜持？

姜佳對她的臉皮厚度感到震驚，忍不住吐槽：「妳想多了……」

「我真的覺得我太矜持了。」

「我也真的覺得妳想太多了……」

蘇在在難得沒跟她耍嘴皮子，思考了一下，而後道：「妳不覺得嗎？我雖然前幾天一直去三樓，特地從他周圍路過想讓他看到我，刻意在他周圍放大音量想讓他聽見，但我根本沒做什麼實際行動。」

這不叫實際行動嗎……

姜佳突然有些不懂她的腦迴路。

「我和他對視的時候，從來不敢跟他連續對視三秒，而且見到他就緊張的說不出話來，只知道害羞，立刻假裝完全沒看他，假裝一直認真的跟妳聊天。」

「正常啊，因為妳喜歡他嘛。」

「可是害羞有什麼用。」蘇在在舔了舔唇，眼神很認真，「我喜歡他，卻什麼都不做，這樣的我，他怎麼可能注意到？」

姜佳頓時不知道該說什麼。

「舉一個例子好了。」

「妳說。」

蘇在在想了想：「比如說，妳高一的時候，有兩個男生喜歡妳，一個是看到妳就立刻臉紅跑開的小帥哥，另一個是見到妳就欺負妳罵妳的醜男，十年之後，妳會對哪個的印象更深刻？」

姜佳半秒都不用考慮：「小帥哥。」

「……」

蘇在在盯著她一陣子，直接無視：「是吧，我也覺得是醜男，這就證明了行動比顏值更重要。」

「我真的不開玩笑，真的是小帥哥。」

「當然，我雖然這樣說，但不代表我認為我顏值低。」

「……」

「好吧。」蘇在在妥協，「那就欺負妳的那個醜男的設定也改成小帥哥，這樣妳會對哪個印象更深刻？」

姜佳一個都不想選：「所以為什麼一定要欺負？對我好不行嗎？」

「妳不要太貪心了。」蘇在在皺眉，「長得好看還要對妳好？妳做夢。」

「……」

玩鬧過後，煩躁的心情再度襲來。

蘇在在想，就算張陸讓不喜歡她，她也不希望未來的他，在想起她的時候，連名字都想不起來。

這樣太不甘心了，一點也不。

「佳佳，妳相信像電視劇裡那樣，女主角什麼都不做就能得到男主的青睞嗎？」蘇在在喃喃道：「反正我是不信的。」

她轉頭看向窗外，「如果我只知道矜持和害羞，那他只會被不矜持不害羞的人搶走。」

「幫妳問到了，資優班今天下午第三節電腦課。」

蘇在在笑嘻嘻地捧著她的臉親了一口：「麼麼噠！果然是我的小仙女！美麗動人，溫柔可愛，善良可人。」

姜佳嫌棄地用手擦了擦臉：「按妳今早那樣說的，幹嘛不直接當面送給他，給他的印象更深啊！」

「不行。」蘇在在很認真地分析，「我去他教室找他還好，送傘的話好像太顯眼了，他們班的人肯定會起鬨，我怕會引起他的反感。」

「……好像有點道理。」

「主要是我怕他沒帶傘，不想讓他淋雨。」蘇在在鬱悶道。

身上半乾半濕的模樣太禁欲撩人，像個小妖精。說完她便拿著傘站起身，走到前門旁邊的窗戶，把傘放在窗沿上。

上課鐘剛好響起。

二十分鐘後，蘇在在舉起手：「老師，我想去趟廁所。」

出教室門，拿起窗沿上的傘，直接下了樓。

資優班的前後門果然都被鎖上了，蘇在在思考一下張陸讓坐的位子，推了推靠那頭的窗戶，意外的打開了。

她勾起嘴角，往內探了探身子，將傘放在桌子的正中央，傘柄上貼著的紙條向下，除非被人拿起來，否則注意不到。

突然想到那天那個男生說的話。

——「喂，張陸讓，你不行了啊，這週有三個來找周徐引的，你才兩個！」

才兩個，競爭沒想像中大啊。

蘇在在笑出了聲，拍掉手中的灰塵，把窗戶關好，轉頭走回教室。

雨勢漸漸小了下來，烏雲緩緩散開，被遮蓋住的太陽顯現了出來，發出淺淺的光，灑在濕潤的大地上。

蘇在在回到位子上。

姜佳轉頭看她：「放好了？」

「嗯。」蘇在在用手托著下巴，笑著，「佳佳，我下午不回去洗澡了。」

「啊？妳要幹嘛？」

沒幹嘛。

就是，假如他來還傘了……還能見一面呢。

第六章　從未後悔

暗戀太孤獨。
我不是一個能忍受孤獨的人。

——《蘇在在小仙女的日記本》

十月下旬，天氣變化迅速，雨來得快去得也快。

下午放學到晚自修上課的這段時間，教室裡雖然人少，但卻吵得很。離得遠遠的他就能聽到教室裡的吵鬧聲，以及廣播傳出的清脆溫婉的女聲。

張陸讓走進教室裡。

還未走到自己的位子時，他便看到了桌子上有一把暗紅色的折疊傘，大大咧咧的放在正中央，就是想要引起他的注意。

拿起來一看，發現傘柄上貼著一張紙，為了防水還在上面多黏了幾層透明膠帶。

上面寫了一句話，不知被什麼蹭到，有些模糊，但是還是能看清楚上面的字。

——高一九班蘇在在借給高一一班張陸讓的。

「借」字的字型大小比別的字大了一倍。

他垂眼，表情很淡，將傘放回桌子上。收拾幾本書放進書包裡，背上，出教室，走之前還不忘把傘帶上。

上兩層樓，右轉直走繞到另外一棟，走到離高一辦公室最近的教室。

可能是離辦公室太近，又或許是因為人少，這個教室很安靜。

特別安靜。

張陸讓只看到一個女生在裡頭，坐在靠窗那組的內側，鼻子上架著一副粗框眼鏡，戴著耳機翻閱著手中的書。

窗外，夕陽無限好，灑在密層的樹葉中，碎光穿透一切，隨著清風晃動，在書本上圈出幾點光暈，也在那個女生的手上折射出瑩白的光。

有些刺眼。

張陸讓的雙眸微瞇，啟唇道：「蘇在在。」

她沒聽見，手上的動作連一絲停頓都沒有。

張陸讓沒再喊她，直接走了進去。

餘光看到一人站在鄰座桌子的旁邊，蘇在在翻書的動作一頓，下意識地把一邊耳機扯了下來。

廣播的聲音傳入耳中，少女的聲音婉轉動人。

「韓寒的《一座城池》裡有這樣一句話。」

「人世間的事情莫過於此，用一個瞬間來喜歡一樣東西，然後用多年的時間來慢慢拷問自己為什麼會喜歡這樣東西。」

蘇在在抬起了頭，看向他。

少年的嘴唇輕抿著，弧度平直，眼睛潤澤明亮，無半點情緒，黑髮半濕，整個人顯得慵懶又澄澈。他抬手，將雨傘遞給她，不發一言。

蘇在在沒接，只是定定地看著他。

見狀，張陸讓傾身，將傘放在她的桌子上，而後轉身就走。

蘇在在連忙喊住他：「張陸讓。」

少年腳步一頓，轉頭看她。

「你認得我？」蘇在在放下手中的書，拿起桌上的雨傘晃了晃。

張陸讓點點頭，沒答話。

彷彿有什麼東西在內心深處膨脹了起來，讓蘇在在感覺心情又雀躍又難以控制，她克制住自己的緊張，站了起來，厚顏無恥道：「你在默默地關注我嗎？」

完全意想不到這樣的問題，張陸讓的眉頭皺了下，沒有繼續跟她交談的欲望，抬腳往門外走。

她跟了上去，自顧自地說：「我不應該拆穿你的，你別生氣，當我沒說剛剛的話。」

張陸讓的嘴角扯了扯，實在忍不了，低嘲：「加速度每秒兩公尺。」

「……」

看來那天確實太浮誇了，又大喊名字又大聲背題目……

突然覺得好丟人。

不過她還是能承受住。

而且，之前做的事情看來沒有白費，他還是對她有點印象了。

蘇在在眨了眨眼，飛快地轉了個話題：「那個，就是我那天確實罵的是你，所以借你傘算是賠罪……」

「不用。」

蘇在在擺了擺手：「不行，我不是那種人。」

「我也罵回去了。」語氣漫不經心。

蘇在在傻眼了。

他什麼時候罵她了……

那天說的「蠢貨」？

沒想到居然真的是在罵她……

高嶺之花對任何事情都斤斤計較，莫名的反差萌啊啊啊！

不過她要怎麼回覆……

如果她氣急敗壞的回覆類似「你居然敢罵我」這種凶狠潑辣的話，張陸讓以後不敢罵她了怎麼辦。

雖然被罵了，但是她還是很享受這種滋味的。

感覺受到大美人的特殊待遇。

不然就直接拍拍他的手臂說：「哈哈哈幹得漂亮！我就是喜歡你罵人！」

他會把她當做神經病吧……

算了，她再換個話題吧。

「對了，那天我不是去找周徐引，我是以為你叫做周徐引……我是去找你的。」

她真的不是水性楊花的女人！她很專一的！

「嗯。」

好冷漠嚶嚶嚶。

蘇在在再接再厲：「你怎麼不問問我為什麼去找你？」

「不想知道。」

不想知道……

好，不想知道那她就不說。蘇在在決定屈服。

再換個話題好了。

「還有那個，加速度那個，我不是不知道加速度的單位是什麼！我當時腦子一抽把單位想錯了。」蘇在在恬不知恥地解釋。

「哦。」

「你知道說『哦⋯』是冷暴力嗎？」

「⋯⋯」

「你對我使用暴力。」

「⋯⋯」

「家暴。」

張陸讓的腳步一頓，轉頭看她，眼神微妙。

蘇在在淡定地改口：「校園暴力，一時口誤。」

張陸讓：「⋯⋯」

之後便是一人不斷地說話，一人堅定地保持沉默。

但下了兩層樓梯之後，張陸讓還是忍不住開口，語氣有些沉：「妳跟著我幹什麼？」

正好到資優班那樓，再走幾步就到教室後門，從這就能聽到教室的喧囂聲，他背著書包來還傘⋯⋯

隨便猜一下好像也不吃虧。

蘇在在無辜地眨了眨眼：「我沒跟著你啊，我要去閱覽室。」

他沒再說什麼，也沒走進教室，轉了個彎，繼續往下走。

看來沒猜錯！

蘇在在喜滋滋地跟上。

雖然得不到他的回應，但蘇在在勝在天生話多臉皮厚，嘴巴一直講個不停，場面也不算尷尬。

就快要進閱覽室的時候，蘇在在突然扯住他的衣角，很快就鬆開。

張陸讓側頭。

她舔了舔唇，小心翼翼地解釋：「我剛剛說冷暴力那個是開玩笑的……你應該聽得出來吧？」

瞟了她一眼，收回視線，他說：「嗯。」

還是好冷漠。

字數少得像是夾雜著冰，但就這麼一個字，卻在蘇在在的心底，快速的將那些冰塊化成水。

溫柔的水，在空氣中揮發，擴散開來。

兩人走進閱覽室。

張陸讓繞過幾個書架，往角落一張桌子走去，蘇在在跟在他的後頭。

那張桌子旁放著四張椅子，此時都空著，沒有人坐。

張陸讓輕手輕腳的拉開一張椅子，坐了下來。他將書包裡的課本和作業本拿了出來，拿起筆便開始寫題目。

蘇在在在原地站了一下，轉頭往門口的方向走。

餘光注意到她離開的背影，張陸讓拿筆的手一頓，淺淺的抬了抬眼，很快就重新將視線放在課本上。

在心中鬆了口氣。

……終於走了。

性格太吵鬧，他實在不知道該怎麼應對。

但蘇在在倒不是走，主要是她什麼都沒有帶，總不能坐在他旁邊一直盯著他看吧……雖然她挺想的，不過她不敢嘗試。

蘇在在轉了個彎，在外國文學那個分類繞了一圈。

手指在圖書的書脊上虛滑過，她心思散漫，確實沒有想看的書，糾結了半天，將中間那本《一個陌生女人的來信》抽了出來。

就這本吧，國文老師的推薦讀物裡好像有這本。

拿著書走回那個角落，張陸讓對面的兩個位子已經坐了人，蘇在在有些失望，本來想坐他對面的，這樣的話，一抬頭就能看到他的臉。

也罷，那就坐他旁邊吧。

距離還更近呢。

蘇在在輕輕的把椅子拉開，坐了上去。

旁邊的張陸讓置若罔聞，連眼皮都沒動一下。

蘇在在看了他一眼，很快將視線從他身上挪開，翻開書，將注意力全數放在這個故事當中。

外頭的天空是暗紅色，將雲朵染成淡淡的粉色，隱隱透出背後那碧藍的底，看起來夸姣又陰沉。

張陸讓低頭看了手錶一眼，差不多到晚自修時間了。

周圍的人大多走光了。

他將作業本和書本一一合上，疊在一起，放入書包中，而後站了起來。

一旁的蘇在在毫無動靜，繼續安靜的看書。

她的側臉白淨，五官小巧，頭微微垂著，棕栗色的髮遮住了小部分臉，紅潤的唇抿著，彎起一個小小的弧度。纖細嫩白的手指翻閱著書。

張揚開朗的氣質一下子變得恬靜了不少。

張陸讓在原地站了一下，最後還是微微彎了背脊，用食指的骨節在桌子上輕敲了下，小聲的提醒：「晚自修。」

看向他的時候，蘇在在的眼神還有些迷茫，很快反應過來，對他點了點頭。

說完後，他便抬腳往外走。

蘇在在也沒指望他能等她，慢騰騰的將書放回去之後，思緒混亂的往教室的方向走。

有時候，喜歡上一個人，好像只是一瞬間的事情。

蘇在在清楚的記得那個瞬間。

是那個雨天，他望過來的那一刻，兩人視線對上的那一刻。

可她，卻實在搞不懂喜歡的緣由。

後來，就算是過了很多年，蘇在在絞盡腦汁，拷問了自己多次，也不知道她到底為什麼會喜歡上張陸讓。

不過，很幸運的是，她從未後悔過。

從未後悔過那天去了福利社，從未後悔過逛到一半就走了出來，從未後悔過選擇撐傘站在外面，從未後悔過莫名其妙的罵了他。

從未後悔遇見他。

然後，對他一見鍾情。

第七章　讓讓

不管何時何地，不論心情如何。
都覺得他長得太好看了。

——《蘇在在小仙女的日記本》

隔天是週五。

放學後，蘇在在拖拖拉拉的收拾好東西，跟姜佳一起走出校門。

Z中雖然是Z市最好的高中，但地理位置卻很偏僻。它坐落在一片綠源之中，空氣清新，景色宜人，寧靜又舒適。

缺點就是，從校門口走到車站要走半個小時。所以週五放學的時候，會有不少家長來接人。

蘇在在走下校門前的臺階，抬頭的時候，剛好看到張陸讓上了一輛黑色的車，伴隨著關門的悶響。

車子沒有立刻發動。

從這個角度能看到他將書包扒拉下來，扔在一旁，整個人陷入椅背當中，闔上眼。

蘇在在原地站了一下。

姜佳在前面走了幾步之後，突然覺得不對勁，往後看，恰好看到她站在人群中央，定定地望著一個方向。

她疑惑地喊了聲：「在在！」

與此同時，車子往前開。隨著移動，光和影從他的臉上掠過，忽明忽暗。最後消失在視野當中。

蘇在在愣了一下，很快回過神，跑到姜佳跟前，給了她一個大大的擁抱，表情樂呵呵的，像個傻子。

姜佳有些無語：「妳幹什麼？」

她肆意地笑，毫不掩飾自己的愉悅，可也只是搖了搖頭，什麼都沒說。她這副模樣讓姜佳更好奇了：「妳到底做什麼了？妳這樣無故的笑讓我覺得毛骨悚然啊姐姐！」

「讓讓。」蘇在在突然開口。

「……這路就這麼寬，妳讓我讓哪去？」

「讓讓。」

「滾。」

陽光毒辣，隔著太陽傘的那層黑膠依然能感受到它的滾燙。周圍是來來往往的人，地面上是來回穿梭的光影。

那一刻。

蘇在在看到，他的睫毛顫了顫，而後睜開了眼。

在車子發動的那一刻。

在姜佳喊出「在在」兩個字的那一刻。

暗戀的時候，巧合也能令人心生極大的愉悅，那種滿足感是瞬間冒起來的，瞬間就能充盈你的整個心臟。

甜絲如蜜，滲入心間。

週六中午。

蘇在在一個人待在家裡，嘴裡叼著袋牛奶，小口地喝著，手裡拿著遙控器，百無聊賴地換臺。

沙發上的手機震動了下。

蘇在在掃了一眼，拿了起來。

姜佳傳來兩則訊息。

——『我跟我同學要到了張陸讓的帳號。』

——『134***4329。』

蘇在在嘴裡的那袋牛奶從口中脫落，撒了她一身，她哀號一聲，連忙扯了幾張衛生紙擦了起來，回房間換了套衣服。

幾分鐘後，蘇在在走回客廳拿起手機，盤腿坐在沙發上。糾結了一下，她的手指在手機螢幕上快速地敲打了起來。

蘇在在：『妳覺得我要加嗎？』

姜佳：『加啊，為什麼不加？』

蘇在在：『感覺他不會同意……』

蘇在在：『而且我挺想自己跟他要的。』

姜佳：『試一下啊，萬一他同意了呢？你們就有機會可以聊天促進感情了啊！不然妳那樣要追到何年何月。』

說的好像沒錯……

蘇在在又糾結了一下，焦灼的咬著食指的指節。

很快就下定決心，將那串號碼複製了下來，點擊添加好友，貼上，螢幕裡出現他的詳細資訊。

大頭照是一隻薩摩耶，吐著舌頭對著鏡頭開心地笑。

畫風好像不太對……

蘇在在緊張的心情瞬間消了一大半，疑惑地點開大圖，突然注意到圖的右下方，也就是那隻薩摩耶犬的脖子上，有兩根手指入了鏡頭。

準確地說，是半截食指和中指。

蘇在在眨了眨眼，立刻收起自己那股懷疑的情緒。

連兩根手指都這麼好看，散發著勾引人的味道，引誘著人去舔螢幕，這不是張陸讓還能是誰！

蘇在在瞅了眼暱稱：zlr。

她狠下心，閉上眼，一咬牙，戳了下「添加到通訊錄」，驗證申請什麼的也不想打了，直接按了「傳送」。

按好後，她像是摸到了滾燙的開水那般，連忙把手機扔到一旁，拿起抱枕蓋住臉「嗷嗷」地叫了幾聲。

許久之後，蘇在在才把抱枕從臉上放了下來。眼睛因為激動盈滿了水潤的光澤，整張臉都是紅的，額間也滲出了幾點汗。她的表情緊張又激動，看著被扔在沙發角落裡的手機，想拿又不敢拿。

蘇在在乾脆放棄，走回房間去寫作業。

沒寫幾個字就心煩意亂，蘇在在焦躁地站了起來，重新回到客廳，破罐破摔般地拿起了手機，點開一看——果然，沒有任何訊息。

雖然在預料之內，但還是，有點失望。不過很快她就恢復了心情。如果大美人那麼輕易就同意了別人的好友申請，那他早就被勾搭走了。

蘇在在對著他的頭像做了個鬼臉，嘟囔著：「以後我要你求著加我。」

週日下午。

蘇在在收拾好東西，看著窗外的烈日炎炎，感覺周身都要出一層汗。她抓起一個純黑的橡皮筋，隨手將頭髮綁了起來，而後便背起書包往外走。

蘇母在客廳看電視，看到她走出來了，懶洋洋地抬了抬眼，問道：「東西收拾好了沒？生活費跟妳爸拿了沒？」

剛跟蘇父拿了兩百塊的蘇在在果斷道：「收拾好了，沒拿生活費。」

「我知道妳拿了。」蘇母喝了口水。

「……」

「讓妳爸同意養狗，我就給妳兩百。」

提起狗，蘇在在突然想起張陸讓的大頭照，她很快回過神，立刻拒絕：「算了，不就兩百塊。」

「可以啊，還挺有原則。」

蘇在在走到玄關去穿鞋：「這是你們兩個的戰爭，別扯上我。」

「什麼叫我們兩個的戰爭，妳爸都說了以票數決定，家裡就三個人！」蘇母瞪了她一眼，「要不要我送妳去？」

「送什麼啊。」蘇在在玄關旁的鏡子前理了理頭髮，笑著說，「一週只有一天假，妳好好休息吧。」

蘇母也沒強求：「那妳路上小心點，到學校打個電話給我。」

「知道了。」

十月下旬，太陽還是如初夏那般的猛烈，柏油路的地面幾乎要被烤燃了，路道旁的草坪散發著濃郁的氣息。

蘇在在最怕熱了，連忙到附近的便利商店裡買了一瓶冰鎮的礦泉水，貼在臉上降降溫度。她走到車站，收起傘，折好，放進書包裡。然後坐到椅子上，拿出手機，查了查七十一路公車的即時定位。

還有十幾個站才來……

蘇在在立刻懊惱，她也太蠢了吧！應該還有五個站的時候再下來的，後悔死了啊啊啊啊！

坐了一下，蘇在在猛地站了起來，往站牌那個位置走。

不行，她實在等不了了。

看看有沒有能坐的車，然後中途再轉車吧……

走了兩步，她就停了下來，神情有些發愣。

站牌的旁邊站著一個少年。他站在陰影處，戴著純黑色的耳機，中規中矩地背著書包。神情很淡，定定地望著往來的車。

幾秒後，似乎覺得有些熱，他拿起手中的礦泉水喝了兩口，喉結隨之滾動了兩下。隨後他用拿著瓶蓋的那隻手的手背抹了抹唇。

蘇在在的視線隨著他的動作而挪動，最後停在他的唇上。

她忍不住咽了咽口水。

咕咚一聲，格外響亮。

第八章　無法控制

在他面前，
我像是我，又不再像是我。

——《蘇在在小仙女的日記本》

蘇在在連忙退回了幾步，擰開礦泉水喝了幾口。

先解解渴，不然等等在大美人面前咽口水，感覺太羞恥了……

蘇在在擰好瓶蓋，對著手機的黑螢幕看了看自己現在的模樣，隨後從包裡扯出一張衛生紙擦了擦額頭的汗，彎起嘴角。

嗯，可以。

笑得很自然很漂亮。

蘇在在將手機放進口袋裡，深吸口氣，掩去所有緊張的情緒。她走了過去，歪著頭跟他打了聲招呼：「嘿，張陸讓。」

聽到聲音，張陸讓望了過來，眼底沒有絲毫詫異，如同夜裡的湖水，水波不興，無半點起伏。他淺淺地點了點頭，算是對她的回應。

蘇在在下意識捏緊手中的礦泉水瓶，眨了眨眼，好奇地問：「你家住這附近嗎？我怎麼之前都沒在這個車站見過你。」

「嗯。」

「你住哪個社區呀？」

這是一片住宅區，周圍的社區很多，蘇在在實在猜不出他住在哪個社區。

聞言，張陸讓看了她一眼，垂下頭，含糊不清地回道：「就這附近。」

那個眼神……好像在防洪水猛獸。

蘇在在想，一定是她看錯了。

她也不再糾結這個問題，突然想起昨天加好友的事情，蘇在在心底斟酌著用詞，想了個委婉的問法：「你有聊天帳號嗎？」

「……」她看到張陸讓猶豫了一下，摸了摸後頸，然後答道，「沒有。」

他想必是覺得撒謊不好，但比起加她好友，張陸讓更願意撒謊。

呵呵，早知道就直接問他為什麼不通過自己的好友驗證，現在怎麼辦，拆穿了他的謊言還怕他會尷尬。

她從來不知道自己是這麼捨己為人的人。

蘇在在強顏歡笑：「沒打算註冊一個？」

「沒有。」

「哦。」

冷場。

蘇在在胡亂地想著，張陸讓這種人肯定很慢熱，她進一步他便退兩步，那……唉，為了她的未來，她就先退一步吧。

她清了清嗓子，隨口胡謅：「你可以註冊一個，有個帳號可以即時查詢每路公車所在的站，然後你就可以算準時間從家裡出來，不用在外面等那麼久了。」

似乎沒想過是這個原因，張陸讓的眼裡閃過一絲窘迫，他挪開了視線，輕聲道：「好，謝謝。」

「不用。」蘇在在擺了擺手。

兩人均沉默了下來。

蘇在在將書包背在前面，將手機掏了出來，再度看了看七十一路公車的即時定位，還有十站左右。

晚點來吧，路道堵死最好，蘇在在在心中暗自竊喜。

氣氛有些尷尬，想了想，她再度扯了個話題：「對了，下週四不是就運動會了嗎？你有要參加的項目嗎？」

「嗯。」

「校運之夜呢？你要表演嗎？」

「……嗯。」

這個倒是出乎蘇在在的預料，她愣了一下，語氣有些不敢置信：「啊？你要表演啊？你表演什麼？」

這次的問題張陸讓沒有回答。

蘇在在抬頭看了他一眼，瞬間氣笑了：「你那什麼眼神？一副我要抄你們班的創意的模樣。」

張陸讓沒看她，也沒解釋。

「哼，你也別想我告訴你，我們班的節目可厲害了，表演者又漂亮又有才華，我都快被她迷倒了。」

見他沒反應，蘇在在繼續道：「聽說她長得漂亮，成績好，家境不錯，性格開朗，被譽為Z中第一大女神呢。」

張陸讓有些無言以對，良久後才說：「……妳說的不會是妳吧？」

如果真的是的話，那他真的，從未見過如此厚顏無恥之人。

蘇在在一副詫異的模樣，眼睛稍稍睜大了些：「你猜的沒錯，就是我。」

「……」

「沒想到我在你心目中有那麼多優點。」

「……」

「其實我也沒你想的那麼好啦。」

「……」

張陸讓的眉心一跳，忍無可忍地把另外一邊耳機也戴了起來。

見他戴上了耳機，蘇在在小心翼翼地看了看他的表情，好像沒有生氣……

見狀，她鬆了口氣，眼皮垂了下來，情緒藏在那後面。

兩人沒再聊天。

七十一路公車來了之後，兩人同時往那邊走，蘇在在排在張陸讓後面，手裡準備著學生車卡。

嗶卡的時候，她突然注意到他用的不是學生車卡，而是直接投零錢。

張陸讓把一邊耳機摘了下來，站在車後門附近的位置，單手抓著上面的吊環。蘇在在走過去站在他的旁邊，也伸手抓住頭上的吊環。

想了想，蘇在在問他：「你吃晚飯了嗎？」

「沒有。」

「那一起去茂業大廈那吃呀！」

茂業大廈是他們要下的站，下了站之後再走半個小時才到學校。

「不用了，我在學校餐廳吃。」

「你怎麼知道我其實更想去學校吃。」她揚起眉，半開玩笑。

張陸讓又安靜了下來，沒有回答。

蘇在在的心裡咯噔一聲，正想說些什麼補救一下，公車突然急刹車，她重心不穩，下意識地抓住一旁的東西。

而她的旁邊，只有張陸讓……

蘇在在的臉瞬間漲得通紅，立刻將手鬆開，車還沒停穩，她整個人搖搖晃晃的，差點摔跤，她沒有心思去顧慮那些，著急地開口：「對不起啊，我不是故意的……我站不太穩。」

張陸讓張了張嘴，還沒說出話來，她又繼續補充道：「而且我剛剛跟你開玩笑的，我沒打算去學校吃。」

公車停了下來，有幾個人下了站，蘇在在垂著頭往後面走，在後排找了個位子坐下。

張陸讓往她的方向看了一眼。

她今天將平時散在背後的頭髮全數綁了起來，看起來比平時清爽了不少，巴掌大的臉被瀏海襯得越發的小，眼神黯淡，嘴角垂了下來。

公車重新發動。

與此同時，張陸讓收回了視線。

後頭的蘇在在心情越發的焦慮不安，她揉搓著手指，轉頭望向窗外，破天荒地生出了想掉眼淚的情緒。

忍了忍，還是沒哭出來。

她不敢再看張陸讓，鬱悶地拿出手機玩遊戲。

打開遊戲時，手機短暫地黑了一下子，那一瞬間，她透過螢幕的反射看到自己的嘴唇。

心情越發鬱悶，真想把自己這張嘴抽的稀巴爛。

下車後，蘇在在立刻往茂業大廈旁邊的小吃街走去，隨便找了一家店吃晚飯，隨後起身回學校。

其實她也不想在外面吃，但如果她和張陸讓一起走，被別人看到的話，他大概會不高興吧。

路上，蘇在在反覆在想一件事情。

張陸讓到底喜歡什麼類型的女生啊。他性子那麼沉默，不應該找個話多的來互補一下嗎……

不過感覺他喜歡安靜，可能會覺得她挺聒噪的。

啊啊啊啊真的好奇怪啊，為什麼一跟他說話就停不下來，她真的不是這麼自來熟的人啊，她也控制不住自己啊！

感覺在他面前做什麼都是錯的。

想不到結果，蘇在在換了件事情想，她今天在車上不小心碰到張陸讓的時候，他臉上是什麼表情。

直到走到校門口，她才記起來。

她當時太緊張了，根本，連看都不敢看他。

不過蘇在在想起那天扯住張陸讓手腕的那一刻，他的眼神裡閃過的情緒是不耐和……厭煩。

太難攻略了。

她的顏值在張陸讓的眼裡，大概連屁都不算。

那她只能，靠著自己的人格魅力去征服他了……如果她有的話。

蘇在在到教室的時候，不到五點，但教室裡已經坐了十幾人，幾個人圍在一起聊天，其他的都在看書。她休息一下，很快便拿起物理作業本，萬分痛苦地做著作業。

最討厭物理了呵呵。

寫到一半，姜佳從前門走了進來，坐到位子上，興奮地湊到她旁邊問道：「欸，在在，加到沒？」

蘇在在看著物理題目，頭都要炸了，聽她提到這個問題，更是要炸。筆尖頓了一下，表情隱晦不明。她嘆了口氣，隨口敷衍著：「等我寫完再說。」

見她在寫物理題，姜佳同情地拍了拍她的肩膀，也沒繼續打擾她，默默地掏出手機玩。

突然間，她注意到蘇在在聊天帳號的暱稱，奇怪地問：「咦，妳的名稱怎麼改了？」

姜佳沒有替蘇在在備註，一下子就能看到她的暱稱變了。

蘇在在「啊」了一聲，沒解釋。

「妳發什麼神經，原本的小仙女多好，改成蘇智障做什麼？」

「……我明明只是改成 szz。」

「那不就是蘇智障嗎？」

「滾。」

被她這樣一鬧，蘇在在也沒了寫作業的心情。

她想了想，跟姜佳稍微提了一下今天發生的事情，然後問道：「妳覺得他是不是不算討厭我？畢竟我跟他說話他基本都會回答……」

「我也不知道。」姜佳想了想，「不過我聽我同學說，張陸讓就是那種性格，雖然看起來很高冷的樣子，但是別人跟他說話他都會回，不會讓人覺得難堪。」

「噢。」蘇在在有點失望。

「周徐引看起來那麼鬧，但他反倒是那種不想理你就絕對不會理你的人。所以對比起來，其實他們班的女生都比較喜歡張陸讓。」

這樣想的話，張陸讓真的挺喜歡勾引人的，蘇在在覺得有點疲憊。如果追到手了，還得無時無刻防止他出牆。

想的越多，蘇在在情緒越發低落：「好怕他討厭我。」

姜佳猶豫了一下，安慰道：「應該不會啦。」

「怕我做的不對，怕我太過熱情，也怕他覺得我過於冷淡。」蘇在在揉了揉眼睛，什麼都聽不進去，只是喃喃道：「可我有什麼辦法，我又沒追過其他人。」

蘇在在沒有經驗。
所以那個度，她把握不好。
她對張陸讓，只有滿腔的熱情。
一遇上他，所有的熱情，就找到了宣洩的出口。
蘇在在控制不了。
對他熱情，不由自主地表現出對他的喜歡。
蘇在在一點都控制不了。

第九章 學霸的煩惱

我把我的英語成績賣給你。
贈品是我，要不要？

——《蘇在在小仙女的日記本》

一個晚上過去，蘇在在便恢復了精神。

畢竟她不是杞人憂天的性子。

反正不管怎樣，先撩了再說。

抱著這樣的念頭，蘇在在開始極其頻繁地在張陸讓周圍找存在感。

下午吃完飯，她跟姜佳告了別，回到教室裡。算好時間後，蘇在在寫了十五分鐘的作業，然後拿了今天剩下的作業直奔閱覽室。

找到上次的那個位置，一眼就看到正低著頭寫作業的張陸讓。他的對面還是坐了人，蘇在在十分乾脆地坐在他旁邊。

張陸讓連眼皮都沒動彈一下。他似乎根本不在意他旁邊坐了誰，注意力一點都沒分散。

蘇在在瞟了他的作業本一眼。

英語完形填空。

她眨了眨眼，不再把精力放在他的身上，轉頭看著自己作業本上的化學式，煩躁到幾乎要崩潰。

她明明英語那麼好，為什麼這些字母組合起來她就不認得了！

第三題，電子數相等的粒子叫等電子體，下列粒子不屬於等電子體的是……

蘇在在決定不再抱怨，飛快提筆在計算紙上塗塗畫畫了十分多鐘。

被英語折磨著的張陸讓莫名地分了神，聽著一旁的人掰著手指用氣音背：「氫氦鋰、鋰鈹硼，碳氮氧氟氖，鈉……鈉……不對不對，鎂鋁鈉矽磷，鈉，十三。」

張陸讓：「……」

把答案算出來的時候，她的精神像是解脫般放鬆了下來。

解決了一道難題，簡直太有成就感了。

精神一鬆懈，蘇在在立刻注意到張陸讓看過來的視線。眼神很詭異，透著無法理解的情緒。

蘇在在被他盯得有些不好意思，飛快地垂了眼。直到他把視線收了回去，她才鬆了口氣。隨後小心翼翼地瞟了他的作業本一眼。

……居然還在那題完形填空。

而且這個她好像做過，蘇在在好奇地湊過去看了幾眼，思考了下答案，欲言又止。很快她就收回了眼神，又寫了十分鐘，轉頭看到他還在做那道完形填空，她急得恨不得搶過來幫他做。

再過十分鐘，注意到張陸讓已經做到語法填空了，蘇在在的呼吸莫名暢快了不少。

六點二十分的時候，張陸讓把第一篇閱讀測驗的最後一個答案寫上去後，便開始收拾東西走人。

蘇在在連忙將東西塞進書包裡，忙不迭地跟了上去。

走出閱覽室，她站在他旁邊，忍不住小聲提醒道：「你完形填空做得太慢了，差不多做了半個小時呢，太浪費時間了。」

提到英語，張陸讓也挺煩躁，他沉默了下，很快就開口，語氣悶沉：「沒看懂的話我就不想繼續往下做。」

聞言，蘇在在有些震驚：「你看懂了？」

「……」雖然還是沒看懂。

「你只對了三題啊！你真的看懂了？」

「……」她也不用這麼當面的羞辱他吧。

旁邊的蘇在在依然在劈里啪啦地吐槽，張陸讓破天荒的有些惱了，沉聲道：「妳的化學選擇題也才對了三題，妳想了十五分鐘那題的答案還是錯的。」

第一次聽他說那麼長的話，蘇在在有些傻眼，隨後不甘心地為自己辯解：「我是因為沒有聽過課。」

每節英語課都認真聽講卻依然考三十分的張陸讓沉默了。

蘇在在立刻反應過來，強行將話改成：「咳咳咳，我是因為沒有寫過這類型的題，我這次做了下次就會了。」

張陸讓還是沉默。

蘇在在撓了撓頭，繼續補救，強調：「我每節課都超級認真聽講的，但就是學不懂，唉，好苦惱啊。」

她絕對不是那種上課不聽講的學生，她很上進的！

見張陸讓沒有繼續說話的欲望，蘇在在也不再開口。

走廊很安靜，周圍是呼呼的風聲、鞋子拍地的噠噠聲、兩人呼吸的氣音，以及蘇在在……加速的心跳聲。

兩人很快就走到三樓。

張陸讓默不作聲地往教室的方向走。

「張陸讓。」蘇在在站在樓梯間，節能燈黯淡的光線打在她的身上，襯得她那張白淨的臉越發容光煥發。

他回頭，神情寡淡，安靜地等待著她的話。

黑漆漆的天空，夜色如同霧氣般籠罩了下來。

蘇在在不再開玩笑，細聲提醒：「你不要死做題，好好背單字更有用。」

「啊？所以妳還教學霸怎麼讀書嗎？」

蘇在在被她的話噎到了，吶吶地反駁：「他英語一點也不學霸好嗎？」

「可他上次月考加上英語成績還是排年級前五十。」

「……」蘇在在無法辯駁，她想了想，很認真地回道：「反正他肯定沒背單字，那篇完形填空只有幾個生字，其他全是第一單元的單字，他都看不懂。」

「學霸也有難過的關啊。」姜佳嘆息。

「其實我也知道那樣提醒他挺可笑的。」蘇在在翻開化學作業本，看著那個選擇題，「不過感覺他好像真的因為英語挺困擾。」

「畢竟朋友都在那嘛，被分出資優班又要重新認識人了。」

啊，這樣嗎。

蘇在在沒再為此糾結，指著那題問道：「妳幫我看看我這題錯哪了？」

姜佳按著鉛筆，拿出計算紙替她講解了起來，講完後突然覺得有些神奇：「欸，妳居然問化學題，妳不是說要跟化學絕交嗎？」

「和好了。」蘇在在托著腮，有些鬱悶，「啊，鈉鎂鋁啊……我怎麼老是背反啊啊啊。」

他應該沒聽見吧……

好丟人。

晚自習最後一節課下課後。

張陸讓拿出英語答案對了一下完形填空的答案，果然只對了三題，語法只對了兩題，閱讀理解倒是意外的都對了。

也讓他心情瞬間好了不少。

可他還是不想看解析，瞟了一眼便直接把答案丟回抽屜裡。

葉真欣站了起來，將書包背到身後，看到他作業本上一片紅色，忍不住道：「你怎麼又錯那麼多？」

張陸讓沒回答。

她想了想，又坐了回去，側頭看他：「要不要我教你？」

「不用。」

他這麼乾脆的回答讓葉真欣有些尷尬，但也沒說什麼，只是道：「啊，那你也別氣餒，好好寫題目，成績總會提高的。」

「嗯。」

張陸讓將作業本合上，也放進抽屜裡。

見他這樣，葉真欣覺得有些無趣，跟他道了別便往外走。

張陸讓拿出數學課本開始預習，直到快到宿舍門禁時間了，他才收拾東西回宿舍。將需要用的書從桌子上或者抽屜中抽了出來。最後，他的目光停在那本英語必修一上，拿了起來。

腦海裡響起了蘇在在剛剛的話——「你不要死做題，好好背單字更有用。」

他也沒太在意，漫不經心地把書扔回桌上那一疊書的最上面。隨後走到門旁邊把電閘關掉。

從前門走了出來，把門關上，轉身走到後門，關門的動作一頓，張陸讓莫名地想起了今天蘇在在背元素週期表時的樣子。

……難不成他在做英語題的時候，在別人眼裡也是那副模樣。

不會吧。

張陸讓抓了抓頭髮，在原地站了一下。

最後還是走到自己的位子上，利用走廊照射進教室的燈光重新拿起最上面的那本書。

……還是背吧。

第十章　仙女的報答

他一點都不高冷，
只是話少罷了。

——《蘇在在小仙女的日記本》

週二下午，蘇在在照舊去閱覽室。出乎她的預料，沒有遇到張陸讓。

蘇在在慌了。

不會生氣了吧？她也沒說什麼啊，只不過是當著他的面說了他完形填空只對了三題而已……

可能學霸的自尊心比較強……

不過想起他因為自己罵了他一句「蠢貨」之後還要罵回去的行為，能看得出他這個人有點小心眼。但她也不能去問他為什麼不去閱覽室了啊！不然她的動機不就很明顯了嗎！

想討好他也想不出藉口去討好。

不管怎樣……先去試探一下好了。

週三的課間操後，她立刻跑回教室，拿起自己的水瓶往三樓跑去。時間久了，她也能摸清張陸讓平時的作息了。

規律得不能再規律。

早上第一、三節下課去上廁所，第二節下課去裝水；下午第一節下課去裝水，第二節下課去上廁所；下午放學後，先去吃飯，吃完後回宿舍洗澡，洗完回教室拿書，然後去閱覽室讀書；晚自習第一節下課裝水，第二節下課上廁所。

果然，一到三樓就看到張陸讓拿著水瓶從教室裡走了出來。蘇在在連忙跟了上去，排在他的後面。

在心底糾結了一番，蘇在在終於咬著牙喊了他一聲：「張陸讓。」

張陸讓沒理她，頭也沒回。

蘇在在急得抓耳撓腮，一時間也不知道該說什麼。一著急，話還沒經腦便脫口而出：「對了，你背英語單字了嗎？」

前面的人更沉默了。

蘇在在一下子反應了過來。

不！她不是要說這個的啊！

她絕對沒有再羞辱他一次的想法……不對，她從來都沒有過想要羞辱他的想法啊！

正當她還在想怎麼搶救的時候，前面的人已經裝好了水。

張陸讓轉過頭看了她一眼，悶悶地應了聲：「……嗯。」

那一刻，腦海中那根緊繃的線猛地被點燃，煙火在她腦中炸開，在她眼前亂墜，惹得她頭暈目眩。

蘇在在原地呆了半晌。

直到後頭的人不耐煩地催促，她才猛地回過神。道了歉，連水都沒裝便怔怔地往回走。

剛剛，大美人是承認他在背單字了嗎？

聽了她的話所以背單字了嗎……

應該不是她幻聽吧……

天啊。

蘇在在停下腳步，扶著牆平穩著呼吸。

激動到快炸了。

下午放學之後，蘇在在興沖沖地往閱覽室跑，還是沒遇到張陸讓。

她開始不懂了，一點都猜不透大美人的心思。

……所以到底為什麼不來！他今天那樣不算是對她示好了嗎！

得問清楚，不然她今晚睡不著了。

蘇在在強行想了個見他的理由。

晚自習的最後一節課後，蘇在在直奔資優班。

此時資優班還有十幾個人在看書，蘇在在外頭等了一陣子。

十多分鐘後，教室裡終於只剩下張陸讓一人。蘇在在深吸口氣，走了進去。

她猶豫一下，坐在張陸讓前面的位子，轉頭看他。

聽到聲音，張陸讓下意識地抬起頭。似乎沒想到是她，他愣了一下，呆呆的，看起來有些可愛。很快他就變回了平時那般淡然冷漠的模樣。

「呃，好熱，進來吹下冷氣。」蘇在在此地無銀三百兩地說。

張陸讓：「……」

教室裡一下子就回歸了安靜。

過了一下，蘇在在一副「我就是隨口問問」的樣子，開口問：「對了，你今天怎麼沒來閱覽室呀？」

「排練節目。」他眼都沒抬，淡淡道。

噢。

蘇在在鬆了口氣。

掃了他桌子上的作業本一眼，蘇在在眨著眼道：「你在寫英語啊？我教你啊。」

「不用。」他把作業本合上，丟在一旁。

似乎早就想到他會這樣說，蘇在在連忙從書包裡拿出物理作業本，翻了一頁，指著一題：「那你幫我講解一下這題吧。」

張陸讓抬眼，下意識地摸了摸脖子，輕聲道：「我不會。」

「不會？不會就要問啊，不問怎麼能會！」蘇在在皺著眉譴責他，話鋒立刻一轉，「我來講吧。」

「……」

他真的從來沒見過哪個人的臉皮能比她厚。

蘇在在掏出一支筆和一本草稿本，結結巴巴地開始講解：「呃，這題因為說了是等速運動，然後，呃，所以平均速度……」

張陸讓聽了一下就忍不下去了。

漏洞百出，胡說八道，物理白癡。

他抿著唇，拿起筆，直接在她的計算紙上寫出簡單的解題過程。

蘇在在拿起來看了看，雖然他寫得少，但是簡單明瞭，她稍微想了想就理解了。

蘇在在擺出一副感激的模樣：「我懂了！謝謝啊！」

張陸讓點頭，沒說話。

「我來教你英語吧，報答你。」

「……不用。」

「那我換種方式報答？」

「……」張陸讓沉默了下，「妳講吧。」

蘇在在高興地彎了彎眼，翻出他剛剛做的那一頁：「這題嗎？」

「嗯。」他敷衍道。

得到他的回答後，蘇在在看了看題目，流暢地解釋：「這題，因為not only位於句首，所以句子要部分倒裝，這樣的話，就可以排除A和B……」

講完後，見他沒有任何反應，蘇在在奇怪地問道：「喂，這題你聽懂了沒。」

「嗯。」他繼續敷衍。

「那你講一遍給我聽。」

「……」

「不懂嗎？」蘇在在歪著頭，繼續道：「那我再講一遍。」

「……」

「因為not only位於句首，所以句子要部分倒裝，倒裝，知道怎麼是倒裝吧巴拉巴拉……這次聽懂了嗎？」

「……嗯。」

「那你講一遍。」

「……」

「還是不懂？那我再講一遍。」

張陸讓忍無可忍，終於妥協般開口：「因為 not only 位於句首，所以句子要部分倒裝，再根據後面的 went 知道是過去式，所以選 D。」

蘇在在興奮地鼓了鼓掌，笑嘻嘻地說：「我講的是不是很好？簡單明瞭，通俗易懂。」

「……」他真的不想跟她說話。

「你別覺得我成績不好。」看他這樣的反應，蘇在在死皮賴臉地為自己辯解，「我只有物理、化學還有數學不好，公民、歷史、地理加起來兩百五十多呢！」

張陸讓難得出聲嗆她：「我只有英語不好。」

「……哦。」蘇在在還是不死心，繼續問：「那你上次月考公民、歷史、地理加起來多少分？」

見他不打算回答，蘇在在瞟了公告欄一眼，走過去看著上面的成績表。

她瞪大了眼，雙眸璀璨如星辰：「讓讓你太厲害了吧！除了英語你完全不偏科啊！」

張陸讓頓了下，而後問：「妳喊我什麼？」

蘇在在：「……啊，張陸讓啊。」

張陸讓盯了她一下子，默不作聲地開始收拾東西。

蘇在在也將她的物理作業本放回書包裡，隨口問道：「那你準備選文組還是理組呀？」

張陸讓目標很明確：「理組。」

蘇在在：「……」

理組啊。

她也沒糾結多久，繼續問：「對了，明天你參加什麼項目？」

「一百公尺。」

「我去送水給你吧？」

這話讓張陸讓抬了抬眼，眉梢稍微揚起，似乎覺得有些好笑：「我可能會跟你們班的人比。」

蘇在在想了想，也感覺這樣好像不太好：「好像也是，那不送了。」

「嗯。」他懶洋洋地將書塞進書包裡，隨口應了聲。

「要不然我偷偷送？」

「不用。」

「那就光明正大吧。」蘇在在嬉皮笑臉。

「……」

張陸讓站了起來，關掉教室沒關上的窗戶。

「走啦？一起走呀。」

「……」

一路上，張陸讓一直很沉默，蘇在在在他旁邊嘰嘰喳喳地說著話。

張陸讓的腳步漸漸加快。

很快便到了女生宿舍的區域。

張陸讓鬆了口氣，繼續向前走，步伐明顯放慢了下來。

蘇在在站在原地，喊他：「張陸讓。」

他停下了腳步，回頭看。

銀光傾灑了下來，樹影婆娑。

蘇在在的身後是光亮的燈，她背著光，大半張臉被陰影覆蓋住。那雙眼卻被襯得越發的明亮。

她笑了起來，眼睛彎如天上的新月，晶瑩透亮。

「明天比賽加油。」她說。

張陸讓的眼瞼垂了下來，似乎在思考著什麼。

過了一下，他抬眸，他的眼神清明，喉嚨裡吐出一句冷靜自持的疑問。

「妳喜歡我？」

第十一章　神經病

他跑得好快，怪不得那麼難追。

——《蘇在在小仙女的日記本》

蘇在在的笑意僵在嘴角。她的手指不自覺地捏在一起，絞成一團。

張陸讓靜靜地站在那。

晚風在吹，迎來了夜的氣息。

蘇在在張了張嘴。

她想說，是啊。

喜歡你，很喜歡。

因為你，下雨天不再只是下雨天。而是一個第一次遇見到你的，值得紀念的日子。也因為你，那麼平淡的青春，倏忽間變得鮮活了起來。

——沉默。

舍監阿姨走出宿舍大門，大吼著：「同學！快點回來！要關門了啊！」

張陸讓的眉頭皺了起來，語氣有些不耐煩：「蘇在在。」

蘇在在被這一聲嚇得全身一抖。

那些情話在腦海裡轉了一圈，坦白都到口中了，卻因他這不耐煩的一聲，立刻被嚇成了別的話：「我沒想過這些，真的，從來就沒有，我發四……」

「發、發誓……」音都不標準了。

蘇在在的臉漲得通紅，生硬地辯解：「我今年才十五歲……」

她的聲音很軟，在此刻因為緊張有些含糊不清。

可「十五歲」三個字，卻聽得格外清楚。

張陸讓：「……」

見張陸讓那冰凍的臉上終於有了幾絲裂痕，蘇在在有些窘迫，卻什麼都說不出來。

她怕了，她真的怕，一開口得來的答覆，全是認真而又殘忍的拒絕。

下次吧，等他下次再問，她絕對會承認的。

張陸讓看了她一眼。

臉頰莫名紅了起來，淺淺的痕跡。而後轉身就走，腳步有些凌亂。

像是落荒而逃。

蘇在在幾乎是衝回宿舍的。

姜佳已經上床了，看到她這副莽撞的模樣，納悶道：「妳怎麼了？」

快到熄燈時間，蘇在在也來不及跟她說，匆匆忙忙地拿著衣服便往淋浴間跑，邊跑邊喊：「我出來跟妳說！」

洗了個五分鐘的戰鬥澡。

出來的時候，宿舍已經熄燈了。

蘇在在快速地到陽臺把衣服洗完，這才頂著一頭濕髮回了床。她掏出手機，傳訊息給姜佳。

蘇在在：『我剛剛想不動聲色地跟大美人拉近距離。』

姜佳：『哈哈哈，那妳怎麼做的？』

蘇在在：『我喊他讓讓了，他名字裡那個讓，然後他一下子就發現了……』

蘇在在：『突然覺得他好精明。』

姜佳：『……』

姜佳：『妳當他傻嗎？這都發現不了？』

姜佳：『妳這叫不動聲色？』

蘇在在盯著螢幕看了一下，然後誠實地說：『好吧，我想說的不是這個。』

蘇在在：『剛剛他問我是不是喜歡他……』
姜佳秒回：『我靠！那妳怎麼說的！』
蘇在在：『我覺得我很奇怪，我也不知道我為什麼會說那樣的話。』
姜佳：『哈？』
蘇在在：『……我跟他說我今年才十五歲，沒想過這些。』
那邊這次不再立刻回覆，蘇在在聽到上頭傳來一陣爆笑聲。
姜佳：『……妳十五歲。』
姜佳：『那妳家大美人就五十歲了嗎？』
蘇在在：『（咬手絹痛哭.jpg）。』
姜佳：『哈哈哈哈不過這樣也挺好啊！學霸肯定不早戀啊！我覺得如果妳承認了的話，他說不定立刻就回絕妳了，而且可能以後看到妳還要躲著妳。』
看著這行話，蘇在在若有所思。
蘇在在：『那我不承認怎麼追他 QAQ。』
姜佳：『……這就看妳了，我也沒追過人 orz。』
蘇在在：『可我如果不承認喜歡他還去追他……』
姜佳：『？』
蘇在在：『有種占著茅坑不拉屎的感覺。』

姜佳：『妳這什麼比喻……』

姜佳：『我挺想知道妳現在到底是怎麼想的？想追到他然後跟他在一起？』

看到這句話，蘇在在放下手機，眼神空洞，不知在想什麼。

過了一下，她回：『想等高中畢業再說，我不想影響他讀書。』

傳完之後又覺得心虛，補充了句：『……但就是忍不住。』

想見他，想靠近他，想跟他說話。一天到晚都在想他，一天見不到他，她就心癢癢。明知道這樣不好，但就是忍不住。

運動會的開幕式結束後。

蘇在在窩在九班的帳篷裡，百無聊賴地玩著手機。

她還在糾結要不要送水給大美人。

感覺昨天兩人算是不歡而散了……如果她現在又去送水算什麼，像是把臉湊上去給人打一樣。

蘇在在還沒糾結完，耳邊就響起了她等待已久的廣播聲。

「請參加高一男子組一百公尺初賽的同學馬上到檢錄處檢錄。」

蘇在在立刻站了起來，從書包裡拿出相機包，把單眼相機拿了出來，掛在脖子上，頂著大太陽往檢錄處跑。完全忘了剛剛的糾結。

蘇在在到檢錄處的時候，張陸讓剛好檢錄完。

檢錄員帶著他和幾個人往比賽跑道的起點走。蘇在在鬼鬼祟祟地對著張陸讓拍了幾張照片。卻不料一下子就被他發現了。

被發現了，蘇在在反而鬆了口氣。她把相機放了下來，露出整張臉，揚聲道：「笑一個呀。」

張陸讓淡漠地收回了視線。

蘇在在也不介意，低頭看了看剛剛拍的照片，滿意地彎起嘴角。

沒多久就到了跑道的起點，張陸讓被安排在一號跑道。他身上穿著一班的白色班服，褲子換成一條及膝的黑色運動短褲，看起來比平時陽光了不少，眼神卻依然冷淡如冰霜。

高一有三十個班，跑道有八條，分四組跑，取時間最短的前八名進入決賽，在下午再比一次。九班也因此跟一班錯開，分在第二組。

很快，比賽要開始了。

選手各自就位。

張陸讓彎下腰，兩手撐地，後膝跪地，頸部放鬆，頭部自然下垂，一副起跑的預備姿態。隨著裁判員一聲「預備」響起，他的精神越發集中，一副蓄勢待發的模樣。

一聲槍響後，選手拼盡全力向前跑。

蘇在在提前到終點線，站在原地捧著相機開始錄影。

周圍擁擠的人群，加油聲與尖叫聲在耳邊響徹。

張陸讓雖然沒比其他人快多少，但還是領先在前，先一步掙開終點線。歡呼聲轟炸。

她看到他因為慣性依然向前跑了小段路，然後緩緩的在跑道上走動著，呼吸稍微有些急促，臉頰泛著紅暈。

蘇在在毫不猶豫，連忙走了過去，將手中的礦泉水塞進他的手裡便往外走。

走了幾步後，她回頭，看到他盯著那瓶水看了一下。沒過多久就擰開，仰著頭將水灌入口中，喉結滑動著，汗水順勢落下。

旁邊是他們班的女生，臉上掛著崇拜的表情，此時正激動地說著什麼。

張陸讓手中的水一下子就沒了大半瓶，他擰好瓶蓋，用手背擦了擦額間的汗，眼睛稍瞇，看向她。

蘇在在笑嘻嘻的對著他這個表情拍了個照。

他表情一僵，立刻收回了眼。

蘇在在完成了送水的任務，正想轉身回班級的帳篷的時候，張陸讓突然叫住她。

「蘇在在。」

沒有預想過張陸讓會喊她，蘇在在措手不及，轉頭呆呆地看他。

張陸讓從一個女生手裡拿過一瓶未開蓋的水，朝她的方向走來。他停在她前方一公尺處，伸直手，將水遞給她，輕聲道：「妳的水。」

看著那瓶水，蘇在在的心情一下子就不好了。

蘇在在沒動彈，張陸讓也保持著姿勢不動。

兩人僵持了一下。

蘇在在也不想讓他太為難，她皺了皺鼻子，決定妥協：「你要還我水也行，我不要這瓶，把我剛剛給你的那瓶還我。」

「……」

「就是你喝過的那瓶。」

張陸讓將手放了下來，表情變得有些難以形容：「妳要做什麼？」

蘇在在其實也沒想太多，就是不想要別的女生的水而已。

但張陸讓這反應……

蘇在在眨了眨眼，來了興致：「我也不知道我會做什麼啊。」

「可能會舔……」

他渾身一僵。

「啊不，是添，添點水進去。」

「……」

「我國文不太好。」蘇在在厚顏無恥地說。

張陸讓的臉頰泛著紅，不知是因為剛運動還是別的。他下顎僵直，嘴唇動了動，卻不知道該說什麼。

半晌，張陸讓終於憋出了三個字，語氣硬邦邦的，「神經病。」

蘇在在一愣。

她的反應讓張陸讓的心情莫名好了些。

三秒後。

蘇在在反應過來，眨著星星眼，激動地說：「你再罵一遍。」

張陸讓：「……」

「你再罵一遍吧，求你了。」

這一刻，張陸讓的原則瞬間化為烏有。

一瓶水而已……

不還也罷。

他板著臉，轉頭就走。

第十二章　男神

大美人，張陸讓，讓讓，男神。

——《蘇在在小仙女的日記本》

下午是高一男子組一百公尺決賽。

張陸讓和九班的一個男生王南都進了決賽。

一聽到檢錄的廣播，蘇在在立刻往跑道那邊奔去。跑道周圍已經圍了不少人。到那後，蘇在在在那看到很多張熟面孔，一下子就傻眼。全是班上的人。

……她還想幫大美人加油，怎麼辦。

筱筱看到她，笑著跟她打了聲招呼：「在在！來這邊！」

蘇在在強顏歡笑：「來了。」

「姜佳呢？」

「她去看關瀚的跳高比賽了。」蘇在在答。

小玉看到她手中的單眼相機，笑道：「欸，在在，妳等等幫南神多拍幾張照片吧，他說要給他爸媽看。」

王南是數學小老師，每次數學考試都能拿滿分，班裡的人就幫他取了這樣的外號——南神。

蘇在在若有所思地點了點頭：「好啊。」

反正早上也拍了不少。

「快開始了！」人群中有人大喊。

預備姿勢的時候，蘇在在捧著相機拍了一張，讓張陸讓和王南都入了鏡。

槍響後，蘇在在被一片吶喊和尖叫聲籠罩，她不由自主地放下了單眼相機，望著張陸讓的身影。

筱筱和小玉，還有班裡的人都激動地喊著：「南神！加油啊！」

不遠處傳來對著張陸讓的加油聲。

蘇在在深吸口氣，也大喊起來：「男神！加油！」

大美人，你一定要懂我啊！我是在幫你加油啊！

蘇在在喊得面紅耳赤。

然後，她看到王南先一步比張陸讓掙開終點線。

蘇在在：「……」

班裡的人歡呼聲轟炸。

筱筱高興地摟著她的手肘跳了幾下。蘇在在再度強顏歡笑，象徵性地歡呼了幾聲。

小玉笑了半天：「哈哈哈哈在在，妳喊得也太起勁了吧，不知道的還以為妳是南神的女朋友。」

「……」她覺得她喊得挺小聲的。

一行人走過去送水。

王南直接將一瓶水全數灌下，大大咧咧地笑：「蘇在在，妳嗓門夠大，隔著茫茫人海我都能從中找到妳的聲音。」

蘇在在：「……」

「說吧，暗戀我？」王南笑得爽朗。

蘇在在下意識地往張陸讓那邊看了一眼，剛好對上他的視線，她一愣。

下一秒，張陸讓便收回了眼。

他不會以為自己喊王南「男神」吧……別、別誤會啊！大美人！

頒發獎牌的時候。

蘇在在糾結了半天，最後還是拿著相機過去幫他們拍照。一看到她，王南立刻道：「蘇在在，來，幫我多拍幾張。」

蘇在在：「……哦。」

王南：「我換個姿勢。」

蘇在在：「嗯。」

王南：「這樣帥不帥？」

蘇在在：「……」

連拍了幾次後，蘇在在直接無視他的話，將相機的鏡頭轉移到張陸讓身上。張陸讓看都沒看她，下了頒獎臺便往一班的帳篷走。

原本在前方幫他拍照的幾個女生也立刻跟了上去，圍在他旁邊。

蘇在在急得抓耳撓腮。

今早調戲他就算了，昨晚才跟他說自己年紀小沒想過談戀愛，現在卻讓他誤會了自己對別的男生有好感。這樣印象分一下子就成負數了啊！

不行，她必須解釋。一下子就被判了死刑，她不服。

但直接這樣過去找他好像……不對！

今天他當著他們班的人的面就過來還她水，讓她的名聲受了損……

她現在應該也能過去找他吧，蘇在在恬不知恥地想著。

這樣一想，她的底氣足了些，但開口的語氣還是弱弱的：「張陸讓。」

張陸讓腳步一頓，緩緩回頭。

因為剛運動完，他的鬢角處全是汗，一顆又一顆的往下砸。

白色的衣服被汗水打得半濕，隱隱能看到裡面那引人遐想的腹肌曲線，胸膛堅硬，因為呼吸不斷的起伏著。

蘇在在的血氣立刻往上湧，整張臉唰一下紅了個澈底。

……又勾引人。

不行了，她快噴鼻血了。

蘇在在深吸了口氣，不斷在心中叫自己冷靜下來。

「你過來一下。」

張陸讓嘴角一扯，低嘲：「不。」

蘇在在被拒絕慣了，覥著臉繼續道：「你不用回答得那麼快，我有的是時間等你。」

他直接轉頭繼續走，蘇在在連忙跟了上去。

他旁邊站著幾個女生，蘇在在也不好意思跟他解釋。

她小跑著跑到他的面前，倒退著走。

後頭是擁擠的人潮，還有學生奔跑打鬧。

張陸讓立刻停下腳步。

看他停下腳步，蘇在在也下意識地停下了。

蘇在在糾結了一下，很委婉地解釋道：「那什麼，你知道嗎？拿第一的那個男生叫做王南。」

所以她就算叫了「ㄋㄢˊ神」，那個「ㄋㄢˊ」也是「王南」的「南」啊！

大美人，你一定要懂啊！更何況，我一直喊的是你啊！

張陸讓垂頭看她，低低的「哦」了一聲。

看來沒懂……

她真想直接坦白。

蘇在在委屈的要死。他這樣的反應，蘇在在也不知道該說什麼。只想拖久一點時間，讓他旁邊的女生自覺的先走。

她看著他脖子上的銀牌，一時抽風，瞎扯道：「欸，你掛著這個銀牌，看起來真像綁著一條紅領巾。」

張陸讓：「……」

然而她們沒有任何反應，依然很耐心的在一旁等著。

……好吧，下次再說吧。

蘇在在垂下眼，有些鬱悶。

她剛想走開，眼前的張陸讓突然抬了抬手。

他沉默著，像是在思量著什麼。而後把銀牌從脖子上扯了下來，隨手套在蘇在在的腦袋上。

見她一副呆滯的模樣，他抿著唇，說：「要就給妳。」

想了想，繼而強調：「別再跟著我。」

第十三章　校園之夜

我發現了一個秘密。
他好像一撒謊就會摸脖子。

——《蘇在在小仙女的日記本》

蘇在在愣住了。所以，他以為她幫他送水外加拍照錄影僅僅只是覬覦他手中的那塊銀牌？大美人的邏輯就是與眾不同……

蘇在在舔了舔嘴角，看著他的背影，很聽話的沒有跟上去。

她在原地站了一下，轉身緩緩的往班級帳篷的方向走去。

邊走邊回憶著剛剛的場景。

他往前走了一步，臉上沒有任何情緒。身上有陽光的味道，夾雜著些許汗味。

特別好聞。

將獎牌套在她頭上時，指尖還不經意地觸碰到她的髮絲。

說話的時候，淡淡的氣息撲面而來。

蘇在在捏住那塊銀牌，臉上突然傳來火辣辣的感覺。灼得心臟都開始加速跳動。

另外一邊。

葉真欣的表情不太好看，開玩笑似地問道：「張陸讓，那是你朋友？」

張陸讓沒回答。

另一個女生立刻接著問：「你怎麼把銀牌給她了啊？」

張陸讓頓了頓，淡淡道：「她想要。」

不給的話會被她纏死……就當是還她那瓶水吧。

但幾個女生明顯曲解了他的意思。

葉真欣的臉色難看到了極點，直接轉頭往別的方向走。

其中一個女生跟了上去，剩下的兩個女生尷尬地笑了笑，將話題轉到了今晚的校園之夜上。

下午的比賽結束後，蘇在在跟姜佳一起去吃了飯。

因為晚上還有活動，她怕會出一身的汗，沒有回去洗澡，直接回到班裡。

蘇在在要參加的並不是班裡的校園之夜的節目，而是科技節的環保服裝展覽。每個班做兩套，並派出一男一女兩個模特兒在上方走秀，是校園之夜的第一個節目。

蘇在在去廁所把做好的裙子換上。

連身裙長及大腿中部，整體是米色的，上面是用紙折出來的花，點綴其上，形成碎花的模樣。中間用一條透白色的帶子綁著收腰，裙襬縫了幾層蚊帳上去，顯得蓬鬆俏皮。

她還想照照鏡子，就被學藝股長黃媛娟扯回班裡化妝弄頭髮。

黃媛娟在替蘇在在化妝的時候，姜佳在後面將蘇在在的頭髮全部挽了起來，編了個魚骨辮，從耳後垂到胸前。

然後在上面夾了十幾個碎花夾子。

她的動作很快，一下子就弄好了，而後坐在一旁看著王媛娟幫蘇在在化妝：「對了，在在，妳有帶高跟鞋嗎？」

蘇在在點了點頭，趁王媛娟的手從她臉上離開的時候開口：「拿了一雙黑色的，我媽買給我的，我感覺我穿上之後都要一百八了。」

姜佳嘆息：「高也不好，找不到男朋友。」

蘇在在覺得被羞辱了。

她輕嗤了一聲，不服氣地說道：「說得妳矮就找得到一樣。」

「……」

而且大美人多高啊，怎麼就找不到了。

因為是第一個節目，所以蘇在在直接到舞臺後方。跟她一起走秀的是關瀚，他的衣服就沒她的那麼精緻了。跟她原本預想的一樣，是一套用黑色塑膠袋隨手做出來的衣服。

關瀚看到她的時候幾乎要氣炸：「我靠，這也太差別待遇了吧？」

蘇在在昧著良心誇他：「沒事，你這樣穿也很帥。」

「呵呵。」

「突然發現我們兩個有點像在演舞臺劇。」

「……什麼？」

「拯救乞丐的小仙女。」

「滾！」

距離走秀開始還有十分鐘。

蘇在在百無聊賴地湊到後臺的工作人員旁邊，盯著他手中的節目順序單。

一、環保服裝秀。

二、高二（十三）班獨唱《曖昧》。

三、高一（一）班舞臺劇《當你被搶劫的時候》。

蘇在在：「……」

所以張陸讓要飾演的角色是什麼……一個被劫色的人嗎？

蘇在在腦海裡幻想一下張陸讓被蹂躪的模樣，立刻捂住鼻子。她深呼口氣，揮去那股腥澀的味道。

漫長的發言完畢後，耳邊響起了動感的音樂。

走秀是根據班級的順序上的，年級從低到高，班級從一到末。

所以第一個上的是高一一班。

一男一女分別從左右上臺，相對著直走，走到距離一公尺遠的時候轉身，朝觀眾的那個方向走去，而後分別走到兩側站好。

一對也花不了多長的時間，很快就輪到了蘇在在。

除了鞋子，她整個裝扮都是偏淡色系的，這樣淡雅的服裝卻完全沒將她張揚的氣質收斂半分，整個人顯得越發豔麗。

兩人提前排練過。走到最前方的時候，蘇在在要稍稍側身，整張臉對著觀眾席。關瀚則單膝跪下，握住蘇在在的手，作勢親吻。很快兩人便分開，找了個位置擺好造型站好。

好不容易熬到了下臺的時候，蘇在在鬆了口氣，按照原本的路線往回走。一走到後臺，她立刻看到站在一側準備上臺的張陸讓。

蘇在在眼睛一亮，喊了他一聲：「張陸讓。」

張陸讓沒理她，他靠著牆，表情有些懶散，不知道在想什麼。

蘇在在湊了過去，趁機解釋：「今天跟你比賽的那個男的，我們班的人都叫他『南神』，『南瓜』的那個『南』。」

張陸讓抬了抬眼。

蘇在在想了想，補充道：「但我從來不這樣喊他。」

他也不太在意，漫不經心地問：「那妳喊誰？」

聽到這話，蘇在在的心怦怦怦直跳。

他聽到自己那時候喊「男神」了？他真的聽到了？

蘇在在咽了咽口水，下意識地別開了眼。

一到關鍵時刻，她就縮了。

想說，卻又不敢說。

……不行，不能這樣，追男人不能怕！

蘇在在咬了咬牙，狠下心說出口：「你啊。」

張陸讓沉默不語。

說出口後，那股緊張的感覺立刻就過去了。

蘇在在的勇氣瞬間爆滿，她抬起頭，認真的重複一遍：「我喊的是你。」

場面一下子安靜下來。

那一刻，蘇在在似乎什麼都聽不到，一心一意的等待他的反應。

可等待的時間多難熬啊。勇氣像是氣球裡被灌滿的空氣。那塑膠做的氣球本就不堪一擊，被他一個眼神就戳破了。

「嘭——」的一聲，煙消雲散。

張陸讓的嘴巴輕啟，剛想說什麼，就被蘇在在打斷了。

她焦灼地掐住指尖，話還未經過腦門就直接脫口而出。

「但你跑步的時候可能沒聽清楚，我喊的是男神經病。」

張陸讓：「……」

還是慫了……而且越描越黑。

蘇在在懊惱地垂下頭，頓時也對自己無語。

她假裝什麼都沒發生，指了指自己，轉了個話題：「好不好看？」

「……」張陸讓完全不想理她。

「是不是美翻了！我出場的時候尖叫聲很大呢！」

蘇在在只想讓他忘掉剛剛的話，腦子裡像裝滿了漿糊那般，胡說一通。

張陸讓：「……」

小心翼翼地抬頭，看了看他的表情。

看起來不像生氣了……

蘇在在鬆了口氣。但同時也注意到他始終不把目光放到自己的身上，蘇在在頓時有些鬱悶。

她不滿的小聲嘟囔：「看我一眼我又不收你錢。」

聽到這話，張陸讓忽然覺得有些好笑。

他終於垂頭，認真地看她。視線從她紅潤的唇瓣、小巧的鼻梁劃過，最後停在她那雙黑亮澄澈的眸子上。

明澈又張揚，像是嵌了琉璃。濕潤帶笑，宛若在勾人。

心臟倏地一麻。

他猝不及防般地挪開了眼。

見張陸讓不回答，蘇在在改了個問法：「不好看嗎？」

幾秒後。

「嗯。」張陸讓的喉嚨裡發出沉悶的一聲。

蘇在在也不介意，揚起頭笑：「你品味真差。」

張陸讓沒理她。

他垂下了眼，濃密的睫毛掩去他的情緒。暗沉的光線讓人看不真切他的表情。影影綽綽。但動作卻清晰明瞭，讓人無法忽視。

蘇在在看到他抬起了手。

動作很緩，自以為泰然自若地摸了摸後頸。

一觸即離。

第十四章　劫色

我希望他能來劫我的色。
往死裡劫。

——《蘇在在小仙女的日記本》

腦海中頓時湧進兩個畫面。

高一一班的教室裡，張陸讓垂著頭寫題目，蘇在在坐在他的前面，側身看他。

而後拿出一本練習冊，彎唇笑：「那你講下這題吧。」

他的動作一頓，摸了摸脖子，輕聲道：「我不會。」

家裡附近的車站，等車的時候。

蘇在在的表情有些糾結：「你有帳號嗎？」

張陸讓猶豫了一下，抬手摸著後頸：「沒有。」

此時此刻，同樣的動作。

那麼他要表達的意思是……

——不好看嗎？

——嗯。

蘇在在的臉瞬間像是火燎那般的燒了起來，紅了個澈底。

沉默片刻。兩人面對面站著，卻都不看對方。但卻透著一股其他人怎麼都打擾不了的氣氛。

周圍並不安靜。耳邊除了後臺人員壓低了的聊天聲，還迴盪著舞臺上的少女深情的歌喉。一聲又一聲，像是曖昧在周圍繾綣，始終不願離去。

蘇在在鼓起勇氣，抬頭。

剛想說話，卻突然注意到張陸讓右手邊還站著幾個他們班的同學。

此時正饒有興致地看著他們兩個。

蘇在在臉上的熱度更猛了。她實在受不了了，什麼都沒說便直接往觀眾席那邊走。

後頭立刻傳來了男生八卦又興奮的聲音：「喂，張陸讓，你女朋友？」

張陸讓沉默著。

舞臺上的女生恰好唱到副歌。燈光一下子亮起，從簾幕中透了進來。

他依然垂著眼。側臉暴露在燈光之下，顯得另外一面隱晦不明。

見他不回答，幾個男生也沒繼續問，依然大大咧咧地笑道：「大美女啊！」

聽到這話，張陸讓終於抬起了眼，暗自鬆了口氣。

看來不是只有他一個人不正常。

那一瞬間，居然……會覺得蘇在在長得很好看。

蘇在在坐到自己的位子上，姜佳在她旁邊說著話。

她從書包裡拿出水，接連灌了好幾口。

姜佳這才注意到她的異常，有些奇怪，「妳怎麼了？跟沒喝過水一樣。」

蘇在在垂下頭捂住臉，悶悶地說：「讓我冷靜一下。」

「……哦。」姜佳等了一下。

一分鐘後，旁邊幽幽的傳來一句：「大美人想要我死。」

姜佳：「……別發神經。」

「我說真的。」蘇在在呼吸平穩了下來，但臉頰依然染著紅暈，「他剛剛說我漂亮，我感覺我都快窒息了。」

姜佳剛喝進嘴裡的水差點噴了出來：「我靠！哈哈哈我的天啊！完全無法想像張陸讓誇妳漂亮是什麼模樣啊。」

蘇在在跟她講了講當時的過程。

姜佳：「……妳確定他是在說妳漂亮？」

雖然大美人的回答是否認，但是他的動作……

蘇在在想跟她說，卻又只想一個人獨享這個祕密。

很多關於張陸讓的事情，她只想自己一個人知道。

不過關於他撒謊會摸脖子這個，還只是她猜的。

……明天去試探一下好了。

姜佳同情地看她：「妳想必是因為妳家大美人被王南超過，一下子接受不了……」

聞言，蘇在在立刻看向她。

「妳大概是瘋了吧。」姜佳得出結論。

蘇在在：「……吃屎還是死，選一個。」

「我不想吃妳，我還是去死吧。」

「滾。」

在她們聊天的時候，耳邊傳來主持人的聲音。

「接下來，請欣賞高一一班為我們帶來的舞臺劇，《當你被搶劫的時候》。」

蘇在在立刻閉上嘴，連忙從書包裡拿出眼鏡戴上。

觀眾席陷入一片暗沉。

紅色的簾幕漸漸被拉開。

一個男生站在舞臺的正中央。他的手中舉著一張白色的大卡紙，上面寫著四個巨大的字：我很有錢。

姜佳在一旁吐槽：「還我很有錢……他怎麼不直接寫『求搶劫』。」

蘇在在眨了眨眼。

是分成劫財跟劫色嗎？

那大美人應該很快就出來了吧。

果然，不久後，張陸讓上了臺。

他的身後跟著五六個男生，一副氣勢洶洶的樣子。裸露在外的皮膚貼滿了紋身貼。

蘇在在：「……」

這幾個好像是剛剛站在張陸讓旁邊的男生。

她怎麼沒注意到他們貼了紋身貼……

蘇在在挪了下視線，盯著張陸讓。

張陸讓在白色班服的外面套了件迷彩圖案的黑色薄外套，鬆鬆垮垮的。黑色的碎髮鬆散地垂在額前，雙眸黑亮，嘴角慵懶地勾著。

莫名多了種浪蕩的氣質。

他抓了抓頭髮，回頭看了身後的幾個「手下」一眼，抿著唇沒開口。

蘇在在暗自想像：這裡大概有臺詞，但是張陸讓說不出口。

與此同時，男生們同時從口袋裡掏出紙做的刀，異口同聲的大喊：「打劫！」

蘇在在：「……」

她想了那麼多，在腦海裡意淫了那麼久張陸讓被劫色的模樣。

就沒想過他居然是……搶劫的那個。

而且還是頭頭，老大風範。

此時，耳邊突然傳來了旁白，女聲悅耳婉轉，又清又脆。

「當你被搶劫的時候，不能盲目的逃跑。」

舞臺上的人的動作同時停了下來，如同時間靜止了那般。

「如果你這樣做，下場就會變成這樣。」

拿著大卡紙的男生有了動靜，舉著牌子就跑。

幾個男生追了上去，將他押到張陸讓的面前。

張陸讓面無表情地看著他，抬起長腿虛踢了他一腳，男生立刻滾到地上哀號。

動作再次停了下來。

「你應該在保證自己人身安全的情況下，與搶劫犯鬥智，千萬不要惹怒他。」

在地上躺著裝死的男生立刻坐了起來，拿著麥克風說道：「你想要什麼，我都給你，求你別傷害我。」

張陸讓輕笑：「你說呢？」

男生乖乖的把手中的大卡紙遞給張陸讓。
張陸讓接了過來，漫不經心地丟到身後。
男生開始脫衣服，將外套遞給張陸讓。
張陸讓繼續重複剛剛的動作。
見這些都不能吸引到他，男生便雙手捧臉，對著張陸讓拋了個媚眼。
蘇在在：「……」
這人有毒！被搶劫了還拋媚眼！
姜佳在一旁說：「聽說原本張陸讓才是被搶的那個，天啊，好想看他拋媚眼的樣子哈哈哈哈。」
拋媚眼……蘇在在也想看。
臺上的張陸讓在原地沉默了一下，隨後拿起麥克風低聲道：「你看不出來嗎？」
聲音醇醇入耳，被音響放大了音量，比平時多了幾分磁性，低沉動人。
蘇在在的心尖一顫，心裡酥酥麻麻的，如同萬千隻蟻蟲在啃咬。
張陸讓蹲了下來，與男生平視，他的嘴角勾起一個小小的弧度，淡笑著：「我是來劫色的。」
耳邊瞬間傳來一陣又一陣壓抑著的尖叫聲。
遠遠的還聽到有個女生在大吼：「來劫我的啊！」
隨即便是轟炸開來的笑聲。
姜佳也在一旁狂笑：「我靠！哈哈哈哈這什麼展開啊！雷死了！」

蘇在在的腦海裡宛若有什麼東西被炸開，讓她忍不住想尖叫。喉嚨卻又像是被掐住了那般，激動無處發洩。

好、好蘇嗚嗚嗚。

蘇在在忍不住了，趁著人多。她扯開嗓子大喊：「大美人，我要蹂躪你！」

隨後立刻怕了，縮在前排的椅背後面。

周圍的同學彎著腰大笑，姜佳也忍不住對她豎了個大拇指。

蘇在在捂著臉想。她剛剛喊的時候都破音了，大美人大概認不出是她吧……

蘇在在沉醉在自己的世界當中，沒有注意到，張陸讓講臺詞的時候，那陡然停頓的一下。

校園之夜結束後。

學生從禮堂的各個出口一湧而出。密密麻麻的黑色腦袋擠成一團，看起來格外悶熱。張陸讓在位子上坐了一下，等人少了才起身往外走。

他回到教室，座位旁邊空了兩週的椅子上終於有了人。張陸讓走過去，拿起水瓶喝了幾口水。

周徐引在整理抽屜裡的試卷。

過了幾分鐘，他轉頭看向張陸讓，輕聲問：「你知道我為什麼請假嗎？」

那天是張陸讓送周徐引到校門口的。結果在回去的路上，遇上了蘇在在。從此開始了被纏著的日子，還是不知道原因的那種。

「不知道。」他答。

張陸讓注意到他擰著的眉心終於放鬆了下來。

按照他那天的反應，大概是生了什麼病吧。

至於是什麼病，張陸讓沒有興趣去想。

因為他知道，每個人都有不想讓別人知道的事情。

回到宿舍。

張陸讓先到陽臺洗漱，而後走到他的櫃子旁邊，打開櫃門。他打開手機看了看。

看著未接來電，張陸讓猶豫了下，撥了過去。

響了幾聲後，那頭才接了起來。

『阿讓。』

「嗯。」

『我聽你舅舅說，你是不是下週就要期中考了？』

張陸讓走到陽臺，關上落地窗，低低地應了一聲。

『你怎麼也不打個電話給媽媽。』

「……」

『你上次月考考年級多少？』

張陸讓沉默了下，輕聲道：「三十二。」

那邊嘆息了聲。

他的心臟被這一聲握緊，悶到喘不過氣來。

過了一下，女人溫柔的聲音再度傳來，『還是因為英語嗎？你怎麼跟阿禮一個樣……我等等打個電話給你舅舅，讓他幫你找個補習班，好不好？』

「不用。」張陸讓立刻回絕。

那頭沉默了下來。

張陸讓抬眼，看著遠處的天空，像是認命了：「我學不好。」

『你……』

張陸讓打斷她，重複了一聲：「我學不好，別浪費錢了。」

他掛了電話，抿著唇抓了抓頭髮。

周徐引有不想讓別人知道的事情，因為他太過驕傲。

可張陸讓不一樣。

他的自卑，深到了骨子裡。

他掙扎過，但最終，也只是認了命。

第十五章　大美人

希望他開心點。

——《蘇在在小仙女的日記本》

運動會第二天。

蘇在在坐在自家班級的帳篷下，暗搓搓地盯著遠處三十公尺左右的張陸讓。帳篷是繞著跑道按班級順序安排的，所以一班的位置剛好在九班的十點鐘方向。

遠遠望去，張陸讓坐在男生堆中，其他人都笑著聊天。只有他垂著頭，手裡拿著一本書。從這個角度看去，只能看到他黑碎的髮，以及微抿著的唇。身上已經換回了藍白條紋的校服，看起來清爽又明朗。

一個小時後，張陸讓終於有了動靜。他站了起來，把書放進書包裡，往廁所的方向走。

蘇在在連忙起身，邊跑邊捋順頭髮。

很快就跑到他的旁邊。蘇在在跳到他的面前，嬉皮笑臉：「嘿！」

張陸讓看了她一眼，沒理。

她跟他並肩走了一陣子。

一跟他站在一起，蘇在在的大腦就一片空白。原本準備好的話頓時一個都想不起來。

這麼安靜……先隨便扯點話好了。

「我覺得你這樣特別好。」

「什麼？」

「你這習慣挺好的，不用別人陪你去上廁所。」

「……」

這樣好像更尷尬。

蘇在在乾脆亂來了：「張陸讓，你說過謊嗎？」

「嗯。」張陸讓隨口應了聲。

蘇在在再接再厲：「你英語考過三十分嗎？」

「……嗯。」

聽出他猶豫了一下才應答，蘇在在心裡頓時咯噔了一聲。

好像戳到大美人的痛處了……

她舔了舔嘴角，有些慌亂的補充道：「其實考低分也沒什麼，我跟你說，我物理和化學加起來就沒超過一百分過。」

「……」

「元素週期表我從國中背到現在都背不好。」

「……」

「加速度的單位我是真的不知道是什麼。」

張陸讓眉心一動，疑惑道：「妳想說什麼？」

「你聽不出來嗎？」蘇在在有些鬱悶。

「嗯。」

蘇在在撓了撓頭，著急得幾乎要跳起來。

「為了誇你襯托你，我都把自己說成一個智障了，你還聽不出來。」

「……」

「你真的相信我連這麼簡單的東西都不懂嗎？天方夜譚！」

張陸讓有些忍不住了，沉聲道：「妳就是那樣的。」

不是為了誇他才瞎掰的話，事實就是那樣。

蘇在在：「……」

兩人又開始沉默。

蘇在在被拆穿了也不覺得尷尬，她還沒忘記自己這次來的目的，繼續問。

「你騙過我嗎？」

「嗯。」

蘇在在：「……」

用不用那麼誠實！到底怎樣才能讓他說謊！

蘇在在擺出一副不贊同的樣子：「張陸讓，你不能老是這樣。」

「……」

「你老是只回一個『嗯』，太敷衍了。」

「……」

「熱情點啊，如果不想說太多，你可以加一個字。」

「……」

「比如，嗯啊。」

「……」

蘇在在說完之後突然覺得有些不對勁。她連忙捂住臉頰，悶悶地說：「……突然覺得好羞恥。」

張陸讓的臉色沉了下來，冷聲道：「妳一天到晚都在想什麼。」

一被調戲就炸毛，用冷酷來偽裝自己的大美人。

蘇在在裝作沒聽見。

想了想，她決定乾脆點。她深吸口氣，重新問一遍昨天的問題：「你覺得我漂亮嗎？」

張陸讓還因剛剛的事情有些不悅。聞言，他幾乎沒有考慮半分，毫不猶豫道：「不。」

聽到這個回答，蘇在在樂了。

然後期待地盯著他。

等了三十秒……沒動作。

蘇在在想，他大概有些遲鈍。

再等個一分鐘好了。

一分鐘後。

認清事實的蘇在在有些惱羞成怒：「張陸讓！你居然！」

太過分了吧！卸了妝就不認了！

害她期待了一晚呢！

她這麼激動的語氣惹得張陸讓側頭看她。

眼神淡淡的，看不出情緒。卻又帶著若有似無的，勾人的意味。

蘇在在瞬間弱了，連忙掛起笑臉。

「你居然……長得那麼好看，你覺得我長得不漂亮是正確的，有對比嘛……」

張陸讓：「……」

不過蘇在在還是有些不甘心，厚顏無恥地問：「不過你不照鏡子的時候看我，不覺得很賞心悅目嗎？」

聽到這話，張陸讓的腳步停了下來。他回憶了下昨天在舞臺上聽到的喊聲。

——大美人，我要蹂躪你！

眉頭稍蹙。

「蘇在在。」他喊。

猝不及防的得到大美人的召喚，蘇在在有些受寵若驚。她連忙把臉湊了過去，愉快地應了聲：「在在在！」

他忽略了她的回應，面無表情地問：「大美人是什麼。」

聽到這話，蘇在在全身一僵。

腦袋飛速的運轉著，額間開始冒冷汗。

然後開始胡說八道：「大美人呢，顧名思義，就是長得很漂亮的人，當然也可以說是那些長得很帥的人啊，還能形容一個人的品德美好。」

冷場。

幾秒後，蘇在在灰心喪氣，破罐破摔：「好吧，是我在喊你。」

張陸讓：「……」

「你不開心嗎？我在誇你，我又不是在罵你。」蘇在在有些委屈。

「……」他真的不知道有什麼好開心的。

「而且，當時有個女生還喊讓你去劫她的色，我都沒這麼過分！」蘇在在越說越覺得有道理，聲調越發高了起來，「我只說了，大美人，我要……」

說到這裡，她停了下來。

原本委屈的神情驀地收了回來，有些尷尬。

很快，她換上一副嚴肅的表情。隨後指著不遠處的廁所，說：「你快去吧，別憋壞了。我還有事，就先走了啊，改天聊。」

說完之後，也沒等張陸讓的回答，直接灰溜溜地跑走。

張陸讓在原地站了一下，盯著她的背影。很快便轉頭往男廁走去。

走了幾步後，他突然扯了扯嘴角，向上揚。

被她這麼一鬧，壓抑的心情瞬間消散了不少。如果是平時，他大概要調整很久。那樣煩悶的心情，被她用這一小段時間，輕而易舉地揮散開來。

壓抑瞬間變得比羽毛還輕，被風一吹，隨之飄走，飄散到很遠很遠。

想起蘇在在，張陸讓突然有些羨慕。

人蠢一點也有好處，沒有煩惱。

運動會結束後，各班開始清理現場。

蘇在在搬著自己的椅子往教學大樓那邊走。王南在後頭喊著：「喂！蘇在在！我幫妳搬吧！」

她裝作沒聽見，繼續往前走。

走出體育場，蘇在在突然注意到前方的張陸讓。

單手拎著一張椅子，看起來格外輕鬆。

她加快步伐，走到他的旁邊，殷勤地說：「讓讓，我來幫你搬吧？」

張陸讓聞聲望去，皺了眉：「妳喊我什麼？」

這次蘇在在不怕了，坦然道：「讓讓啊，如果你覺得不公平你也可以叫我在在呀！」

反正都被他聽到自己喊他大美人了，乾脆澈底點。

張陸讓：「……」

「讓讓，我幫你搬呀。」

「……」

「讓讓，你怎麼不理我？」

「……」

「張陸讓，我來幫你搬吧。」

「不用。」

果然。

蘇在在眨了眨眼，突然覺得特別好玩。

……再試試看別的好了。

「大美人，我來幫你搬椅子吧！」

「……」

「大美人……」

張陸讓忍無可忍，一把將她手中的椅子扯了過來，大步的向前走。

蘇在在傻眼，愣愣地追上去：「你搶我椅子幹嘛？」

「蘇在在。」

「是在在。」蘇在在糾正他。

「……」他安靜了一陣子，嘆息了聲，語氣有點挫敗，「回教室，我幫妳搬。」

聽到這話，蘇在在看了他一眼，吶吶道：「我真的想幫你搬。」

「嗯。」

蘇在在在他旁邊走著，鞋尖踢了踢地上的小石子，低聲問：「張陸讓，你是不是不開心啊。」

「……」

她指了指自己的眉心：「你剛剛這裡一直皺著。」

張陸讓沒答。

過了一下，蘇在在彎了彎眼，繼續道：「不過現在看起來跟平時差不多了。」

兩人走進教學大樓，開始上樓。

張陸讓沉默著，見她被人擠得湊了過來，他下意識的將椅子側了側。隨後聽到她說：「果然，我在你身邊能使你快樂。」

「……」

見他還是不說話，蘇在在有些懊惱地撓了撓頭。

想了想，她說：「讓讓，我請你吃果凍呀，別不開心了。」

她的語氣像是在哄孩子，話裡彷彿摻了糖。

可他還是很安靜。

蘇在在也沉默了下來，她減慢了速度，跟在張陸讓後面，像個影子。

兩人走到三樓。

蘇在在看到他把她的椅子放在門外，然後搬著另外一張走進教室。

不打一聲招呼，像是無視她的存在。

蘇在在站在原地，忽然有些難過。

她剛想走過去把椅子搬回來，裡頭的人去而又返。

張陸讓單手抬起她的椅子，看了她一眼。

蘇在在張了張嘴，想說什麼。

就見張陸讓抬腳往樓上走。

蘇在在連忙跟了上去，嘴角彎了起來。

「讓讓。」她清脆地喊了聲。

「……」

「大美人。」

「……」

「張陸讓。」

「嗯。」

好喜歡你。她在心裡說。

兩人走到九班門口。

蘇在在剛想從他手中接過椅子，就聽見他說：「妳坐哪？」

聞言，蘇在在下意識的指了指第一組的倒數第二排：「換到那了。」

張陸讓走了過去。

蘇在在立刻跟了上去。

坐在位子上跟前桌說著話的姜佳立刻噤聲，八卦地盯著他們。

張陸讓把蘇在在的椅子放好。

蘇在在以為他放完之後肯定立刻就走了。可他卻靜靜地站在原地，像是在等待著什麼。

她捏緊了手，突然有些緊張：「你怎麼了？」

張陸讓轉頭看了她一眼。隨後輕聲道：「沒事。」

說完之後，他便抬腳走出教室。

看他走了，姜佳才激動地撲了上去：「我靠！什麼情況？追到手了？」

蘇在在搖了搖頭，解釋：「他覺得我煩人，才幫我搬的。」

「不是吧！那能親自幫妳搬進教室？」

「真的。」

姜佳還在耳邊幫她分析著狀況，蘇在在卻什麼都聽不進去了。她的表情有些呆滯，帶了點困惑。

暗自思考。

剛剛大美人在等什麼？

第十六章　好友

希望我是不一樣的。

——《蘇在在小仙女的日記本》

蘇在在想了半天，實在想不到，也不再糾結。她開始收拾東西，準備回家。

姜佳分析完之後，越想越興奮，在一旁激動地搖著她的手：「在在，我太替妳欣慰了。」

「啊？」

「妳說的果然沒錯，行動比顏值更重要。」

「……妳可以閉嘴了。」

「有生之年，我居然真的能看到癩蛤蟆吃到天鵝肉。」

「滾。」

過了一下子，蘇在在想了想，還是低聲解釋道：「真的不是。」

雖然她真的很想讓所有人覺得張陸讓是她的，但她還是不想莫名其妙的就讓他冠上了早戀的罪名。

姜佳也不扯這個了。她邊收拾東西，邊跟蘇在在提：「聽說昨天一班有個女生因為張陸讓，在教室哭了一下午，誇張的要死。」

「啊？」蘇在在傻了。

「好像是因為他送給妳那個銀牌的關係。」

「……這有什麼，他是在打發我走。」

「我也不太清楚。」姜佳想了想，「那個女生就坐在他前面，然後他們班的女生都去安慰她，有幾個女生讓張陸讓勸幾句，他理都沒理。」

蘇在在完全搞不懂狀況：「所以為什麼哭？」

「妳這都猜不到？那女生喜歡張陸讓啊！」

蘇在在若有所思地摸了摸下巴：「我覺得挺好的，哭完就獲得新生了啊。」

「……」

「而且大美人沒理那個女生，我覺得很正常，他一直都很無情。」

姜佳：「……」

兩人背起書包，往門外走。

姜佳垂頭看著手機，突然說：「妳不覺得張陸讓對妳特別不同嗎？比如把銀牌送給妳，還有剛剛幫妳搬椅子。」

蘇在在的腳步一頓，誠實的回答：「不覺得。」

「妳想想啊，張陸讓那個前桌都那樣了，他一點反應都沒有。我聽我朋友說，真的是完全沒受影響……」

「是啊，他有自動隔絕外界的能力。」

姜佳炸了：「妳能不能聽我說完！」

「……哦。」

「反正我覺得，張陸讓對妳做的事情，絕對不會對別的女生做。」

這次，蘇在在沉默了很久。

很久很久之後，她才開了口：「如果是這樣，那有多好。」

可她不敢再進一步。

蘇在在覺得現在這樣就很好。

她活在她一個人的世界裡。

那個世界，張陸讓也很喜歡蘇在在。

只要她不否認，沒有人能否認。

週日，蘇在在比平時早了一個小時出門。

為了在公車站堵張陸讓。

從太陽高掛天空，等到了夕陽漸漸下山。

蘇在在點亮手機，看了看時間。再等下去就要遲到了。她將手中的單字本放進書包裡。最後望了站牌的方向一眼，這才上了車。

蘇在在走進教室的時候，晚自修的鐘聲剛好響起。

見她回來了，姜佳抬起頭，低聲問：「在在，妳今天怎麼這麼晚？」

蘇在在把書包裡的書掏出來，放在桌上。她嘆息了聲，有些絕望：「守株待兔，沒有一次能成功。」

「啊？」

「我還是不能太刻意了，太刻意反而遇不到。」

「什麼東西？」

蘇在在看向她，頭頭是道地分析：「我跟大美人的緣分是命中註定的，我這樣太過刻意，反而會改變了命運原本的軌跡。」

姜佳有些無語：「妳被人附身了吧。」

蘇在在抽完風之後，心情開始低落：「妳覺得他是不是故意的。」

「故意什麼？」

「怕再遇到我，然後也提前出門，又或者是去別的車站坐車了。」

「別想太多。」姜佳摸摸她的腦袋。

蘇在在從抽屜裡摸出最後兩個果凍，放一個在姜佳的桌子上。隨後她便拿出數學作業開始寫。

第一節晚自修下課後，蘇在在直奔三樓。

一到那裡，她就看到張陸讓跟一個男生從教室裡走了出來。蘇在在鬼鬼祟祟地跟在他們後面。

前面傳來兩人聊天的聲音。

「今天葉真欣是不是幫你打飯了？」

「……」

「可以的，厲害！說真的，我真心欣賞你這種不以貌取人的人。」

「……」

男生繼續八卦：「我還以為你跟九班那個大美女……」

張陸讓皺了眉，立刻打斷他：「都不是。」

過了一下，男生繼續說：「喂，那你把九班那女生的好友給我吧，反正你也沒興趣。」

蘇在在不敢聽張陸讓接下來的回覆，猛地開口：「給什麼啊。」

兩人望了過來，停下腳步。

蘇在在笑：「他也沒有啊。」

見剛剛八卦的對象突然出現，男生有些尷尬。

蘇在在指了指張陸讓：「你有他的帳號嗎？」

「有……」男生立刻誠實道。

蘇在在立刻興奮起來：「我跟你換啊。」

聽到這話，張陸讓臉色一僵，沉聲道：「蘇在在。」

注意到他們兩個微妙的氣氛，男生很自覺的走人。

「讓讓。」

「……」

「張陸讓。」

「嗯。」

……什麼時候才能承認這個可愛的疊字稱呼。

蘇在在決定這次直接點：「你不是說你沒有嗎？」

「嗯。」

「……」

「那那個男生說有你的帳號。」蘇在在窮追不捨。

張陸讓面不改色道：「他騙妳的。」

然後，淡定地摸了摸脖子。

蘇在在：「……」

一提到這就說謊，是有多不想讓她加。

過了一下，蘇在在幽幽地說：「我知道你有。」

張陸讓：「……」

蘇在在劈里啪啦地吐槽：「我們都認識那麼久了，給個聯絡方式怎麼了，我又不會怎麼你，你怕什麼啊。」

半分鐘後。

張陸讓抿著唇，手指輕輕敲打著刷著藍色油漆的欄杆，哐哐作響，像是在思考著怎麼回答。

「妳老是跑來三樓幹什麼。」他扯到了另外一個話題上。

「你啊。」蘇在在答。

張陸讓：「……」

注意到他的表情，蘇在在立刻反應過來，「啊，不、不是，我的意思是見你，說少了個字……」

「……」

「畢竟我只有你這一個男性朋友嘛，聯絡一下感情。」

張陸讓垂頭，漆黑的碎髮，朗眉黑眸，紅唇輕抿著。全身透著一股禁欲又誘人的味道。

蘇在在突然別開了眼，結結巴巴地說：「你、你別這、這樣看我。」

張陸讓擰了眉：「我怎麼看妳？」

「你對我拋了個媚眼。」蘇在在紅了臉。

張陸讓：「……」

他真的完全想像不到自己拋媚眼是什麼樣子，可他居然也下意識地挪開了眼。

張陸讓抓了抓臉頰，沉著臉道：「我跟妳不熟。」

蘇在在眨了眨眼：「哪有人是一開始就很熟的呀。」

聽到這話，張陸讓想說，我不想跟妳熟。可看到蘇在在的表情，那句話就梗在喉嚨中，半天都出不來。

晚自修的鐘聲在此靜謐中響了起來，周圍只有幾個慢慢的從廁所回教室的學生。頭頂上的燈泡壞了，一閃一閃的，令兩人的臉忽明忽暗。晚風輕輕吹，搖曳著樹枝。

張陸讓突然有些無力，他嘆了口氣，說：「回去複習。」

「……哦。」

蘇在在轉身，往回走。

走了幾步後，她又回了頭，不甘心地看他。

「你真的不想加我的好友嗎？」

第十七章 要你命

暗戀能讓人情緒波動得厲害。
動不動就睡不著，動不動就吃不下東西。
動不動就笑得像個神經病，動不動就……想哭。

——《蘇在在小仙女的日記本》

張陸讓也抬腳往回走，聽到她的話，他眉眼一抬，疑惑道：「我為什麼要加？」

蘇在在一時也不知道怎麼回答。想了想，她覥著臉道：「因為我想啊。」

「……」

蘇在在真的超級鬱悶：「你怕什麼啊？」

加個好友也一副寧死不屈的樣子。

「你看，那麼多人想加我的好友，我都不給。你能得到我的好友，不高興不興奮不激動嗎？不覺得榮幸嗎？不覺得天上掉餡餅了嗎？」

「……」

見他這樣，蘇在在決定用壓迫的方式。

「給你三秒，你不拒絕的話，你今晚就得通過我的好友申請。」

「蘇在在。」他眼裡毫無情緒。

「三。」

「……」

「二。」

「……」

「一。」

她霸王似的態度讓張陸讓有些無可奈何。

思忖了片刻，他終於吐出一個字：「好。」

煙火在腦海裡炸開，劈里啪啦的響著。蘇在在還沒來得歡呼，就聽到他再度開口。

「如果妳期中考物理和化學都及格的話。」

一瞬間，蘇在在經歷了從天堂到地獄的感覺。

「讓讓，你這就有點過分了吧。」

「……」

「張陸讓！」

「那算了。」

蘇在在一下子就怕了：「我不是那個意思……」

聞言，張陸讓低下了頭。眼裡閃過星星點點的笑意。

蘇在在舔了舔唇，可憐兮兮地問：「兩個加起來一百行嗎……」

這次他很好說話，毫不猶豫地應了下來：「嗯。」

巡邏的老師從那頭走了過來。

得到他的答應，蘇在在也沒多高興。走了幾步，她突然回頭，鬱鬱寡歡地跟他說：「那我回去了。」

說完便心情沉重的繼續往上走。

張陸讓在原地站了一下，直到老師過來提醒了，他才反應過來，走進教室。

想到蘇在在剛剛的表情，他失了神。

突然有些後悔。感覺自己太為難人了。

……是不是太高分了。

雖然還有兩天就考試了，但是蘇在在還是決定垂死掙扎一下，以至於她這週都沒怎麼去張陸讓面前找存在感。

一到下課時間就捧著物理課本或者化學課本，上課的時候也破天荒地十分認真的聽講。

姜佳趴在桌子上看著她寫題目。

過了幾分鐘，看著她錯得一塌糊塗的題目，姜佳有些看不下去了：「別寫了，妳考不到一百他肯定也會加妳好友的，賭不賭？」

蘇在在停下了筆，眼睛依然盯著那題，纖細捲曲的睫毛輕顫。

「他不會的。」她低聲說。

張陸讓知道她考不到，所以才會那樣說的。他一直覺得她很煩，所以不會給她更多煩他的機會。蘇在在很清楚。

可她就算考不到，也想努力一把。她只能抱著他守承諾的這麼一個渺小的期望，才能更接近他一步。

「佳佳，妳說我那麼執著幹什麼呢。」蘇在在托著腮，悶悶道：「就算加了，我找他他肯定也不會理我。」

就和一個擺設一樣。

但想到有了一點點的機會，卻莫名成為無法抗拒的誘惑。

期中考完後的那個週六。

蘇在在在床上睡得正香，猛地被蘇母揪了起來。她哀號了一聲，拼死反抗，掙扎著將自己埋入被子當中。

周圍安靜了下來，但蘇在在還是能很清晰的感覺到蘇母的存在感。

忍了忍，她把被子從臉上扯了下來。滿臉委屈，她說：「我在學校每天六點就起床了，妳就不能讓我多睡一下！」

蘇母坐在她床邊，理直氣壯：「我怎麼沒讓妳多睡一下了？現在七點。」

蘇在在：「……」

「快起來，媽媽今天想吃許記的艇仔粥，妳去買。」

蘇在在滿腹的起床氣，卻又不想跟蘇母發火。

因為剛睡醒，腦袋還昏昏沉沉的。過了一下，她才反應過來，甕聲甕氣道：「妳自己去買嘛，或者讓爸買，我懶得動。」

「妳爸懶得動，我也懶得動。」

「……」她也說她懶得動了……

「兩碗艇仔粥，記得快點回來，我和妳爸九點還要上班。」

……親爹媽。

不過蘇在在也挺想吃許記的鮮蝦腸粉的。她在床上糾結了一下，最後還是起身，乖乖地去洗漱。

換好衣服，走出房門。蘇父正坐在客廳的沙發上看報紙。

蘇在在走了過去。拿起茶几上的杯子裝了點水，喝了一口，而後故作隨意地嘟囔著：「不知道怎麼當人家爸爸的，一大早就指使自家親愛的女兒去買早餐。」

「……」

「別人的掌上明珠都是捧在手心裡寵的。」

「我們家特殊點。」蘇父翻了一頁報紙，開了口。

「啊？」

「我們家是踩在腳底的。」

蘇在在：「……」

她憤憤地拿著單車鑰匙出了門。

早晨的空氣格外好。濕潤的風撲面而來，帶著青草的味道。金燦燦的陽光撒了下來，卻不刺眼。

蘇在在從單車棚裡把單車推了出來。踩上之後，便往社區門口的方向去。

大概是因為還沒到上班的時間，一路上行人很少。到社區一條交叉路口的時候，蘇在在突然注意到一側的草坪上站著一個少年。

穿著黑色的T恤，及膝的暗色牛仔褲。黑髮蓬鬆，有些凌亂。手上還拿著一條黑色的繩子。

蘇在在看入了神，沒注意到旁邊有個白色的影子一晃而過。等她回過神的時候，才發現一條白色的大狗跑了過來，差一點撞上。

蘇在在連忙轉了個彎，一時控制不好，單車一倒，整個人摔到地上。

「嘭——」一聲巨響。

聽到動靜，少年望了過來。他眸子一緊，似乎有點不敢相信現在的狀況。很快他就反應過來，往這邊跑。

蘇在在的眼淚唰一下，瘋狂湧了出來。

夏天穿著短袖短褲，裸露在外的大片皮膚，都被水泥地蹭出了血絲。

蘇在在想著只是買個早餐，穿了雙拖鞋就出了門。所以她現在後悔了。因為她看到自己的右腳的大拇指指甲稍稍掀起。

伴隨而來的，是紅色的血從裡頭緩緩地湧了出來。

蘇在在被這場景刺激得嚎啕大哭。

雖然說蘇在在有很多怕的東西，但最怕的還是痛。按姜佳的話來說，就是拔了她一根頭髮，她能哭一個小時。

張陸讓很快就跑到她旁邊。看她這樣，他有些不知所措。他伸手想把她扶起來。

蘇在在疼得脾氣都出來了，哽咽著：「別碰我！嗚嗚嗚你討厭我就算了，你家狗也討厭我……

才第一次見牠就想害我。」

薩摩耶犬在他們旁邊搖著尾巴，歪頭，伸出舌頭。

張陸讓蹲了下來，表情不太好看：「去醫院。」

蘇在在突然想起姜佳說的話。

那個女生在教室裡哭了一下午，張陸讓都沒半點反應。

蘇在在似乎能想像到接下來的場景。

張陸讓對著她砸了一大筆錢，讓她一瘸一拐的滾蛋。

周身的痛讓她沒有理智去考慮如何去做。

像個纏人的孩子。她伸手揪住張陸讓的衣角，放了狠話。

可聲音卻軟軟糯糯的，毫無威懾力，一抽一噎的。

「張陸讓，你要是敢丟下我，我要你命。」

第十八章　有錢的讓讓

永生難忘的一天。
不知道他忘不忘得了。
總之，我忘不了。

——《蘇在在小仙女的日記本》

張陸讓的嘴角抿得僵直，像條平直的線。目光掃視著她身上的傷口，仔仔細細。卻又一掃而過，不敢再看。他眼眸一閃，有什麼情緒在湧動著。

聽著蘇在在的哭聲，張陸讓有些心煩意亂，像是胸口中塞了什麼東西，又悶又難受。

張陸讓輕輕地碰了碰她的手臂，眼裡帶著小心翼翼：「能站起來嗎？」

蘇在在立刻搖頭，像個波浪鼓，她胡亂地說著：「我站起來之後，指甲會不會啪嗒一下，直接掉了。」

蘇在在想像著那個畫面，哭聲加劇，彷彿想引來整個社區的人。

聽到這話，張陸讓的臉色越發沉重了起來。可他也不知道該怎麼辦。

幾秒後。

「妳爸媽在不在家？」他問。

蘇在在正想點頭。

可突然，有一股力量驅使著讓她搖頭。她猶豫了一下，還是順著那股力量，紅著眼說了謊：

「不在。」

張陸讓想打電話找他舅舅，卻又瞬間想起他舅舅在出差。

「我幫妳把單車停好，然後送妳去醫院。」張陸讓做了個決定。

蘇在在抓住他衣角的手半點也沒鬆，眼眶紅紅的，帶著警惕，「你要偷我單車。」

張陸讓：「……別發神經了。」

蘇在在指了指一旁的薩摩耶犬，抽噎道：「你的狗在我手上。」

言下之意就是，你敢偷我的單車，我就搶你的狗。

他忽略了她的話，聲音帶了點安撫：「我很快就回來。」

「不行！」蘇在在任性地喊。

他垂下眼，盯著她：「那妳單車不要了？」

蘇在在啪嗒啪嗒的掉著淚，說：「你真的想偷我單車。」

張陸讓：「……」

半分鐘後。

「鬆開。」張陸讓冷聲道。

蘇在在一點安全感都沒有，攥得更緊。

張陸讓那冷淡的眉眼開始瓦解。他嘆息了聲，把口袋裡的手機拿出來，放到她的手裡。

「在妳這押著。」語氣帶了點哄意。

蘇在在猶豫著鬆了手。

張陸讓鬆了口氣，把單車停在不遠處的單車棚，小跑著回來。他彎下腰，低聲問道：「是不是站不起來？」

蘇在在根本不敢動，立刻點了點頭。

聞言，他背對著她蹲下了身子，低沉的聲音從前面傳來：「我背妳去。」

蘇在在的哭聲停了下來，吸了吸鼻子，改了口：「算了，我覺得我應該能站起來。」

張陸讓側頭，皺著眉看她：「快點。」

她非常猶豫：「我大概、可能有一點重。」

「嗯。」他敷衍般地應了聲。

蘇在在也沒猶豫太久，小心翼翼的湊了過去，稍稍站起身，將雙手勾在他的脖子上。

張陸讓托住她的大腿，一個使勁便站了起來。

這是他們最親密的一次。

蘇在在想起在操場見到他的那次。那時候他還那麼不喜歡她的碰觸，到現在，居然會自願的背她。

蘇在在突然有了點成就感。

他穩步向前走。

蘇在在想了想，很小聲地解釋。

「我重不是因為我胖，我是因為高，我這個身材比例很好的。」

「嗯。」

聽他承認了，蘇在在又有些不高興。

「我哪重了？我差一點點才五十公斤。」

「嗯。」

「嗯什麼？」

一分鐘後。

「不重。」他輕聲道。

蘇在在沒聽清，好奇地問：「你剛剛說什麼了？」

張陸讓沉默下來。

蘇在在也沒在這上面糾結，她盯著手上的手機，突然問：「讓讓，我能玩你的手機嗎？」

「……」他嘴唇動了動，還是沒答。

勾住他脖子的手抬了起來，將手機在他面前晃了晃，蘇在在換了個叫法：「張陸讓，我能玩你的手機嗎？」

這次他回答得很快，「嗯。」

這回答讓蘇在在猝不及防。

她舔了舔唇，細聲道：「我開玩笑的……」

張陸讓沉默片刻，然後說：「妳玩吧。」

但蘇在在還是沒碰他的手機，只是緊緊地握著。手心覺得有些灼熱，滲了汗。

她垂頭，突然注意到乖乖地跟在旁邊的狗，來了興致。

蘇在在問：「你家狗叫什麼名字？」

他下意識地回答：「酥酥。」

蘇蘇。

酥酥「汪」了一聲。

蘇在在突然笑了，厚著臉皮應了一聲：「我在。」

張陸讓：「……」

她不知廉恥地補充道：「我的小名就叫蘇蘇。」

這副嬉皮笑臉的模樣像是沒有任何煩惱，也像是沒了疼痛。

張陸讓側頭看了她一眼，低聲問：「不痛了？」

「痛啊。」她誠實地說。

但有你在，那些疼痛就顯得微不足道了，沉迷美色無法自拔。

走了一小段路，蘇在在看著旁邊的那一大團白色，她的聲音帶了點鼻音：「那酥酥怎麼辦，醫院不能帶狗進去。」

「放警衛亭那。」張陸讓想了想，繼續解釋，「他們認識。」

蘇在在又笑出了聲：「你家的狗可真威風，連警衛叔叔都認識。」

張陸讓：「……」

蘇在在想起剛剛喊他「讓讓」依然沒得到回應，但今天大美人好像對她格外好。

蘇在在玩心頓起，喊他：「讓讓。」

「……」

她笑嘻嘻的，眼睛彎的像個月牙：「讓讓，你怎麼不理我了。」

「……」

「讓讓。」

張陸讓終於妥協：「……嗯。」

蘇在在難以形容那一刻的心情，像是守得雲開見明月，但其實並沒有。

如果每天都是今天就好了，她想。

今天雖然受了傷，但是感覺，好像整個世界都在放煙火。

就算是在慶祝她受傷……她也認了。

很快就到社區門口。

張陸讓把蘇在在放在警衛亭的椅子上，蹲下來幫酥酥繫狗繩，隨後轉頭對一旁的警衛說了幾句話。

說完之後，張陸讓剛想把蘇在在背起來，卻聽她開了口。

「不用了，我不是很痛了。也不遠，走過去就好了。」

他的動作頓了頓，但還是彎了腰，說：「上來。」

蘇在在乖乖的「哦」了一聲。

後面的警衛叔叔還在感慨：「年輕就是好啊。」

蘇在在的臉莫名有點熱。

社區附近五十公尺左右就有一家社區醫院。

到那後，張陸讓先去幫蘇在在掛了號。

這次蘇在在說什麼也不讓他背，她單手抓著他的手肘，慢慢的往外科那邊走。

走進那個掛著外科標籤的小隔間裡，蘇在在走了過去，坐到醫生前面的椅子上。因為來得急，蘇在在也沒帶病歷本。

張陸讓就出去買了一本。

回來的時候，就見原本已經止住哭聲的蘇在在再度嚎啕大哭。

張陸讓：「……」

他走了過去，把病歷本放到醫生面前。然後彎腰，跟蘇在在平視。雙眸黝黑深邃，低潤的嗓音從口中出來：「怎麼了？」

蘇在在連忙抓住他的手腕，像是找到了救星：「張陸讓，醫生說要拔掉，腳趾甲要拔掉……」

想到那個畫面，她立刻擺出一副寧死不屈的模樣，「我死也不拔，我死也不。」

雙眼與張陸讓對視，眼裡全是「你難道想要我死嗎」的情緒。

張陸讓也有些無措，想了想，他轉頭看向醫生，輕聲問：「一定要拔掉嗎？」

醫生又掃了蘇在在的腳趾甲一眼，考慮了一下：「也不一定，她指甲掀起來的部分還沒超過二分之一，但不拔除可能會感染。」

聽到這話，張陸讓還是想讓蘇在在拔掉。但一轉頭，看到她那雙淚眼朦朧的眼睛，他的心臟莫名一顫。他收回了眼，瞬間改了口：「那就不拔了。」

聞言，蘇在在的哭聲漸漸停了下來。她鬆開張陸讓的手腕，有些不好意思地低下頭擦眼淚。

「那就處理一下傷口吧。」醫生在病歷本上寫字，邊寫邊說，「回去記得每天用優碘消毒。」

一聽到不用拔指甲了，蘇在在的精神立刻回來了。

聽著醫生說的注意事項，她還能乖乖的應幾聲。

突然有些分神，蘇在在往張陸讓那邊看了一眼。見他垂著頭，表情似乎有些懊惱。

處理完傷口後，蘇在在一瘸一拐地走了出去。

張陸讓跟在她後面，看著她手臂和腿上的擦傷。他剛想說什麼，就聽到蘇在在的手機響了起來。

蘇在在接了起來。聽到那頭的聲音，她有些心虛地瞟了張陸讓一眼。

蘇在在壓低了聲音。

「媽。」

「我、我遇到了朋友，沒去買早餐。」

「明天買嘛。」

「鑰匙帶了，妳跟爸去上班吧，路上小心。」

「好。」

她掛了電話。

見張陸讓似乎沒察覺到，蘇在在才鬆了口氣。

蘇在在又往前走了幾步，轉頭催促他：「讓讓，快點呀。」

張陸讓看了她一眼，長腿一跨，幾步就走到她的旁邊。

兩人沉默著並肩走。

過了一下，蘇在在主動開口：「剛剛花了多少錢啊，我回學校還給你。」

他沒答。

蘇在在耐心地再問了一遍：「多少錢啊？」

張陸讓抿了抿唇，突然問：「妳早上出來幹什麼？」

「買早餐啊，想吃許記的鮮蝦腸粉。」蘇在在下意識的回答。

一提起吃的，她瞬間就感覺餓了。

「好餓。」蘇在在摸了摸肚子。

「……」

「好餓好餓。」

「……」

「好想吃鮮蝦腸粉。」

「……」

「超級想吃。」

張陸讓嘆息了聲：「那家店在哪？」

「文化廣場那邊，公車不直達，我只能騎單車。」

他應了聲。

不知道他為什麼問，但蘇在在還是要將厚顏無恥做到澈底。

「你要買給我？」她笑吟吟的。

意想不到的是，他很直接的承認了，「嗯。」

前方有輛單車過來，張陸讓下意識的把她扯了過來，提醒：「過來點。」

蘇在在還沉浸在他剛剛的回答中，思緒掙脫不開。反應過來後，她說：「不用，我就隨便說說。你家酥酥還等著你回去接牠啊，再不回去牠會以為你不要牠了。」

說出「你家酥酥」那四個字的時候，蘇在在突然彎了彎唇。

張陸讓沒再說話。

蘇在在想了想，又補充道：「其實跟你家酥酥沒什麼關係，是我騎車技術不好。」

張陸讓側頭看她。

蘇在在毫不心虛：「真的。」

所以別愧疚了。

「蘇在在。」他突然喊。

「啊？」

「不會騎車就別騎。」語氣有些沉。

蘇在在：「……」

到底是怎麼得出這個結論的？不應該說她心地善良，非常顧慮別人的情緒嗎！

蘇在在覺得自己有些憂鬱。

每次她為了大美人才說出來的話，他都聽不出來。

上次的結論是說她智障，這次說她不會騎車。

……她要說什麼好。

兩人走到警衛亭，把酥酥領了回來。

蘇在在突然記起來，大美人的手機還在她這。她摸了摸口袋，把他的手機拿了出來，遞給他。

張陸讓慢條斯理地接了過去。

走了一下，張陸讓突然開口：「妳家住哪？」

蘇在在很誠實地指了指其中一棟：「十三棟九樓B側。」

他低低的「嗯」了一聲。

又過了一陣子，張陸讓用舌頭抵著腮幫子，莫名其妙地問：「還餓嗎？」

蘇在在全身無力：「……餓。」

大美人肯定已經吃了早餐，只有她一個人獨自承受著饑餓帶來的痛苦。

蘇在在的心底有些不平衡，剛想問他是不是想刺激她。

就見張陸讓撓了撓頭，輕聲道：「妳把妳帳號給我。」

蘇在在：「……」

她這副驚嚇的模樣，讓張陸讓的耳根有些發燙，可面上卻半分不顯。像是在說一件再自然不過的事情。

很快，蘇在在反應過來，垂下頭，心情低落，「這次兩科加起來，我肯定考不到一百分。」

張陸讓動了動唇，還沒說出話來，蘇在在又繼續道：「你再給我一次機會啊，這次太突然了，期末考試我肯定能考一百，可以嗎？」

「……」他該怎麼說。

「好不好？」蘇在在滿臉期待。

張陸讓挪開了視線，重複了一遍：「妳把妳帳號給我。」

這下蘇在在才真正反應了過來，她激動得超級想跳起來給他一個親親。

可莫名其妙的，她想起了張陸讓的那句話。

──「如果妳期中考物理和化學都及格的話。」

想起了自己之前那沒有回應的好友申請，也想起了張陸讓每次提到就說謊的態度。

她惡劣地笑了，說：「你求我。」

張陸讓：「……」

「你求我呀。」

見狀，張陸讓側頭看了她一眼。似乎也不太在意，漫不經心地說：「那算了。」

蘇在在立刻怕了，討好道：「……我就開個玩笑。」

蘇在在快速地說了自己的手機號碼，故意刁難他。

可他依然正確又快速的在手機上打了出來。

蘇在在戳了一下手機螢幕上的「通過驗證」，而後低聲控訴他：「我每次跟你開玩笑你也不配合配合我，這樣我們之間的友誼很容易就破碎的，你不知道嗎？」

走了幾步後，張陸讓突然扯了扯嘴角，說：「好。」

蘇在在還沒反應過來，就聽到他繼續說：「求妳。」

張陸讓把蘇在在送到她家樓下。

蘇在在沒拿鑰匙，直接按了幾個數字鍵就開了。

餘光注意到張陸讓一副疑惑的樣子，蘇在在立刻解釋：「這個是密碼，先按井字號，然後再按一二四五，就能直接開。」

張陸讓點了點頭，叮囑她：「記得塗藥。」

蘇在在高興地朝他笑：「大美人真是賢慧。」

張陸讓掃了她一眼，轉頭就走。

蘇在在盯著一人一狗的背影，彎了彎唇。她一瘸一拐地走到裡面等電梯。蘇在在拿著鑰匙開了門，看著身上的傷口，憂愁地想著要怎麼跟蘇父蘇母解釋，想著想著，莫名就偏了思緒。

蘇在在突然想起剛剛張陸讓說的話。

——「求妳。」

她激動的在沙發上滾了一圈，忘了自己身上還帶著傷。

蘇在在吃痛的「嘶——」了聲，眼淚驀地又冒了起來。她咬了咬牙，然後站了起來，走到電視櫃的旁邊，打開櫃門，從裡面拿出一排未拆封過的果凍。

被痛和饑餓折磨得心情不好，只能吃這個了。

她吸了吸鼻子，單腳跳著回到沙發上。

拆了一個下來，草莓口味。

果肉特別多，咬起來很爽。

吃完一個之後，蘇在在百無聊賴的打開了電視，看了半小時。

正當她準備回房間補覺的時候，手機響了一聲，她點亮一看。

大美人傳來一則訊息。

——『開門。』

與此同時，門鈴響了起來。

蘇在在完全不敢相信，她慢騰騰地走了過去，順著貓眼向外看。

……真的是。

確認好之後，蘇在在連忙開了門。

他依然是早上那身裝扮，只不過外頭太陽已經高升，悶熱又燥。張陸讓的額間冒出幾滴汗，髮絲也有些濕潤。他垂頭看著她，眼睛黑亮，讓人挪不開眼。

這突然的狀況讓蘇在在完全不知道該怎麼反應，想了想，她突然猜到他到來的目的：「你是來找我拿錢的嗎……」

張陸讓：「……」

他額角抽了抽，將手中的袋子遞給她：「拿著。」

蘇在在接過來，看了一眼，是許記的鮮蝦腸粉。

蘇在在傻了：「……你怎麼去買了。」

張陸讓從口袋裡拿出她的單車鑰匙，抬手遞給她，然後說：「我走了。」

蘇在在看著手中的鑰匙，突然有些高興。

「你騎我的單車去的嗎？」

張陸讓腳步一頓，回頭看她，「不是。」

「那你怎麼去的？我騎單車來回都要二十分鐘。」

張陸讓抓了抓頭髮，說：「計程車。」

蘇在在瞪大了眼：「這腸粉才八塊，你車費還要二十。」

「……」

她覺得有些委屈，不高興地問：「你為什麼不騎我的單車，別人我都不准碰，你居然還嫌棄。」

「……我不會。」為了堵住她的嘴，他實話實說。

蘇在在以為自己聽錯了，疑惑地問：「什麼？」

張陸讓看著她，淡淡地重複了一遍：「我不會。」

「你不會騎單車嗎？」蘇在在問。

「嗯。」

他的表情很無所謂，可蘇在在的心臟卻莫名有些堵。隱隱作痛。

她不知道為什麼。

其實不會騎單車也沒什麼，挺正常的。但看到張陸讓現在的表情，蘇在在突然很難過。

她站在原地，沉默。

張陸讓剛想開口說他要走了，眼前的人開了口。

蘇在在低喃著：「可愛的小讓讓。」

張陸讓：「……」

她對他眨了眨眼，輕聲說：「你等我一下。」

蘇在在走到沙發旁邊，將剛剛那排果凍拿了起來。她再度走到門旁，將那排果凍遞給他。

她胡亂地扯著話：「我跟你說，如果是平時，我摔成這樣，我肯定要吃一排果凍心情才會好……但今天你幫我買了早餐，我只吃一個就好了……」

張陸讓沒說話，也沒動彈。

蘇在在一副很大方的模樣：「吃果凍能讓心情好呀，我把剩下五個給你，就當是把我的好心情都送給你了。」

張陸讓終於有了點動靜。他抬了抬手，剛想接過的時候，就聽到蘇在在再度開了口。

她嬉笑著，眼睛又彎又亮，嘴裡發出清脆又悅耳的聲音。

「作為報答，你要讓我教你怎麼騎單車。」

晚上，蘇母比蘇父先回到家。

在房間裡的蘇在在聽到動靜後，立刻撲到床上，將自己裹在被子裡。

要怎麼說才好……就直接說自己騎單車的時候不小心摔了吧。

只能這樣說了。

蘇母走過來敲了敲她的房門：「在在，妳吃晚飯了嗎？」

反正早晚都會發現……

蘇在在起身，走過去開了門。

看到她滿身傷痕，蘇母的音調一下子揚了起來。蘇母抓著她的手臂看著她身上的傷口，聲音著急慌亂：「怎麼回事？傷口怎麼弄的？啊？妳怎麼不跟媽媽說啊？」

蘇在在聲音低低的：「我，我騎車不小心摔了。」

她的心裡有些忐忑不安。

怕母親說她騎車不看路，怕被罵。只想躲起來，假裝自己沒受過傷。

意外的是，她沒被罵。

「妳去醫院了嗎？」

「去了。」

「傷口處理好了？藥帶回來了沒？」

「好了，也帶了。」蘇在在乖乖的一一回答。

沉默了片刻後，蘇母摸了摸她的腦袋，說：「以後騎車小心點，還有，受傷了記得跟爸媽說，妳不說是要嚇死我。」

「我沒有。」蘇在在囁嚅著，「也不是很嚴重……」

蘇母喃喃自語：「要不要請假幾天？等傷口好些再去學校。」

蘇在在有些傻眼，是不是太誇張了……

兩人說話的期間，蘇父也從外頭回來了。他從玄關走到沙發，餘光看到站在房門前的蘇母和蘇在在。望了過來，一眼就看到蘇在在身上的傷口。他的臉色沉了下來，往這邊走：「怎麼回事？」

蘇母：「摔了。」

一瞬間，蘇在在覺得救星來了。

她怎麼能請假！請假怎麼見大美人！爸爸一定會說媽媽大驚小怪的！

蘇父擰了眉，盯著蘇在在身上的傷口：「去醫院了嗎？」

蘇在在低眉順眼：「去了。」

可沒想到，蘇父更誇張。

蘇父轉頭看向蘇母：「這樣不用住院？這就回家了？」

蘇母的表情有些憂愁：「我想幫她請幾天假。」

聞言，蘇父一臉反對：「幾天哪夠？請一週。」

蘇在在：「……」

看到蘇母已經拿起手機準備打電話了。

蘇在在有些著急地喊：「不用請吧……」

聽到她的話，蘇父和蘇母望了過來。

蘇在在捏了把汗：「就看起來傷口多，但沒多嚴重。」

她磨了半天，終於得到兩人的同意，但蘇父說週日要送她去學校。

蘇在在又磨了半天，終於讓他打消了這個念頭。

吃完飯後，她回到房間。拿起手機，點開和大美人的聊天室，裡面只有兩個字。

——開門。

蘇在在彎了彎唇，手指飛快的在上面敲打著：『讓讓。』

那邊沒回應。

蘇在在想了想，撇著嘴重新打：『張陸讓。』

張陸讓：『？』

蘇在在：『明天我怎麼去學校。』

張陸讓：『……』

蘇在在：『怎麼去？』

張陸讓：『妳幾點出門。』

蘇在在在心裡偷笑。

卻又裝作聽不懂的樣子：『你想跟我一起去啊？』

張陸讓：『嗯。』

蘇在在忍住打滾的衝動：『那三點車站見吧。』

張陸讓：『好。』

過了一下，蘇在在繼續問：『讓讓，果凍好吃嗎？』

其實她也沒想過他會回覆，畢竟「讓讓」那兩個字在那。今天大概是自己的哭聲嚇到他了，不然按他那堅貞不屈的態度，絕對不會應的。

現在……大概也會直接忽略吧。

傳完之後，她就丟開手機，準備去洗澡。

在衣櫃裡翻衣服的時候，蘇在在聽到後頭的手機響了聲，她回頭看了一眼。

……大美人嗎。

雖然可能性不大，蘇在在還是抱著期待走了過去，她點亮了手機。如她所願，是意想中的人。

『嗯。』他說。

蘇在在的胸口一陣酥麻。

像是被他隔空放了電。

週日。

蘇在在走到玄關處，看了看自己的運動鞋。她不敢穿襪子，直接穿了拖鞋就出門。

出了樓下的大門，她一下子就看到站在一旁的張陸讓。

蘇在在走了過去：「讓讓。」

聽到聲音，張陸讓轉過頭，下意識伸手，想接過她手中的東西。

蘇在在將袋子塞入他懷裡，好奇地問：「你怎麼知道是要給你的？」

「……」他不知道。

「你看看呀。」蘇在在催促他。

張陸讓猶疑的看著她。

袋子有些重，他打開一看。

……六排果凍。

「你不是說好吃嗎，我把我的存貨都給你。」

「……」

「有沒有感覺我對你至高無上的寵愛。」

「……」

蘇在在走路的速度有點慢，張陸讓也放慢了腳步。她的話尤其多，像是一輩子都說不完。

「跟我當朋友是不是很幸福，我能把你寵得沒有生活自理能力呢！」

張陸讓：「……好好走路。」

「讓讓，你住哪呀？」

「……」

「張陸讓。」

「就這社區。」張陸讓隨口道。

蘇在在：「我的意思是，哪棟哪樓。」

兩人走出社區。

張陸讓想蒙混也蒙混不過去，只能答：「二十五棟。」

蘇在在有些不高興了。

他問的問題，自己全部一字不落的回答他。而問他的時候，還要一點一點的擠出來。

「哪……」樓。

蘇在在突然反應過來：「二十五棟？那不是獨棟嗎？」

「嗯。」張陸讓攔了輛計程車，對著她說：「走吧。」

蘇在在有點傻眼，但還是乖乖地上了車。

除了一開始張陸讓對司機說了目的地，兩人沒再說話。

蘇在在這麼安靜，張陸讓以為她睡著了。

他轉頭，恰好撞上她的視線。

蘇在在舔了舔唇，終於開了口。

「你是有錢的讓讓。」

張陸讓：「……」

第十九章　朋友

一步一步。
突然跨了一大步。
好滿足。

——《蘇在在小仙女的日記本》

張陸讓別過頭，沒理她。
蘇在在死皮賴臉的湊上去，跟他聊天：「讓讓，你一個星期的生活費有多少呀？」
張陸讓正想開口。
眼前的蘇在在一臉好奇，繼續道：「我想知道有錢人的世界是怎樣的。」
「……」他突然不想說了。

隨後，她開始掰著手指算：「如果不算壓歲錢的話，我現在有兩百四十七塊五。」

張陸讓：「……」

「平時我吃飯才用一百，剩下的……」還沒說完，她突然注意到張陸讓的表情，蘇在在皺眉，改了口：「讓讓，你不能這樣。」

突然被指責，張陸讓有些愣了：「什麼？」

「現在是二十一世紀了，你不能還有階級意識這種東西。」

「……」

「如果你現在敢嫌棄我……」

張陸讓靜靜地看著她，等待著接下來的話。

蘇在在想了想，決定威脅他：「以後我當上大老闆了，我們就斷絕來往吧。」

張陸讓收回了眼，沉聲道：「現在就斷。」

蘇在在：「……我跟你開玩笑呢。」

過了一下，蘇在在換了個說法：「以後我會賺很多很多的錢。」

「……」

她嬉皮笑臉地說：「然後全部用來買果凍給你。」

全部。

聞言，張陸讓轉頭看向窗外。

烈日炎炎，路過的街道人頭攢動。景色飛快地向後移動著。

張陸讓不知道該說什麼。心跳漏了一拍，他回不過神。

他沒回答。

沒等到他的回應，蘇在在乾脆換了個話題：「你一直住在菁華嗎？我國中就住在這了呀，沒見過你。」

菁華是兩人住的社區。

「不是。」他回過神，淡聲說。

蘇在在「哦」了一聲，繼續沒皮沒臉地開口：「你是因為我住在這裡，所以才搬過來的嗎？」

張陸讓：「……」

「那我跟你說，我週末通常不出門。」

「……」

「如果你要跟我偶遇的話，可以提前跟我說一聲。」

「……」

張陸讓不想理她。他從書包裡拿出手機，插上耳機，戴上。然後靠在椅背上，閉目養神。

藉此機會，蘇在在毫不掩飾地盯著他看了十分鐘。注意到他眼皮動了動，她才立刻收回了眼。

蘇在在向前探了探身子，問司機：「叔叔，開到Z中要多少錢？」

司機想了想，說：「大概五十吧。」

她突然有點心痛。

坐公車才三塊錢，兩個人加起來也才六塊錢。

蘇在在想了想，說：「那叔叔，等等到的時候……」

「蘇在在。」

聽到喊聲，蘇在在下意識地轉過頭。

張陸讓耳朵上的耳機不知道什麼時候被摘下來了。他皺著眉，低斥：「別影響司機開車。」

「哦。」蘇在在縮回身子，坐好。

車裡恢復寧靜。

蘇在在百無聊賴地拿出手機玩了起來。

隔壁的張陸讓沒再戴上耳機，心情有些煩躁。

……剛剛語氣太重了嗎。

他猶豫著，思考著怎麼開口。還沒來得及說話。

蘇在在突然有些好奇，轉頭問張陸讓：「讓讓，你幫我備註什麼？」

張陸讓心下一鬆。他手裡攥著手機，抬了抬眼，認真地答道：「蘇在在。」

蘇在在沉默了下，然後說：「你把我改成『仙女在』，怎麼樣？」

張陸讓：「……」

「我幫你備註了『大美人』呢。」

「……」

蘇在在義正辭嚴地說：「關係好就要彼此有愛稱嘛……」

張陸讓忍無可忍：「蘇在在。」

蘇在在連忙湊過去，應了聲：「仙女在！」

「……」隨便她吧。

張陸讓沉默下來，蘇在在也沒再說話。他轉頭，見她低頭擺弄著手機。

再度來臨的安靜讓張陸讓有些壓抑。

他嘆息了聲，然後把手機遞給她，低聲道：「要改自己改。」

蘇在在沒接，嘴角揚著笑，說：「不改了。」

隨後，她舉起手機，給他看。

是他的個人資訊，備註赫然顯示著——張讓讓。

張陸讓：「……」

張讓讓。

蘇在在。

她一個人的小心思。

就算他不懂，也想給他看到。

車開到了學校門口。

張陸讓付完錢後，兩人一前一後的下了車。

蘇在在站在他旁邊，突然說：「讓讓，你手機借我一下。」

兩人並肩走著，聞言，張陸讓看了她一眼。從口袋裡把手機拿出來，遞給她。

蘇在在拿起自己的手機，轉了五百塊給他，然後點亮他的手機。

沒密碼。

蘇在在直接點開了軟體，聊天記錄那只有幾個人。

蘇在在、舅舅、爸、阿禮……

蘇在在沒再往下看，戳進和自己的聊天室裡，點擊「確認收款」。弄好後，她才鬆了口氣，把手機還給他。

張陸讓接回手機，下意識的垂頭看了一眼。注意到轉帳的數目，他擰了眉。轉頭看她。

蘇在在笑嘻嘻的，毫不心虛：「怎麼樣？感受到我的寵愛了嗎？」

張陸讓抿著唇，沒說話。

「提前讓你感受一下我當大老闆的時候，你是什麼待遇。」

張陸讓：「……」

說完之後，蘇在在再度提醒他，「所以你千萬別跟我絕交，會很吃虧的。」

他站在她的旁邊，忽然有些疲憊，「蘇在在。」

「啊？」

「正常點。」

「……哦。」

張陸讓低頭擺弄著手機，點開轉帳。回憶著她的手機號碼，輸入進去。注意到後面的實名是「在在」，他直接將錢轉了回去。

手機響了一聲，蘇在在低頭看了一眼。隨後轉頭，愣愣地看著他。

張陸讓也看了過來。

突然怕她不高興。

張陸讓開了口：「蘇在在。」

「啊？」

張陸讓的嘴角彎了彎，半開玩笑，「妳的朋友很有錢。」

蘇在在更茫然了，她的反應讓張陸讓的表情變得有些不自然。

半分鐘後，蘇在在才小聲的「哦」了一聲。

……他跟她開玩笑了。而且還第一次承認了，是她的朋友。

就算離她想要的答案少了個字……

蘇在在突然低下頭，心怦怦怦直跳。

兩人走進了教學大樓。

張陸讓半扶著蘇在在，上了五樓。送到門口，他才轉身，往回走。

後頭的人突然開口喊他：「讓讓。」

他腳步一頓，猶豫了一下，還是回了頭。

隨後，聽到她說：「我現在腳不方便，不能去三樓找你了。」

張陸讓淡淡地點了點頭。

正想轉頭繼續走的時候，身後的蘇在在厚顏無恥的補充道：「那就你來五樓找我吧。」

第二十章 在總的寵愛

日常寵美人。

——《蘇在在小仙女的日記本》

蘇在在被拒絕了。

她居然被拒絕了。

一個剛剛還在說「你的朋友很有錢」的人，拒絕了她。

一個承認了是她朋友的人，連她這點小小的要求都拒絕了。

蘇在在有些難以接受，她看著張陸讓的背影，在原地站了一下，然後憂傷地走回教室。

教室裡人還不多，很安靜。

要麼正低著頭寫作業，要麼垂頭玩手機。

蘇在在慢慢地走了過去，動作有些蹣跚，不過倒是沒有人注意到她的不妥。

走到位子後，她才鬆了口氣。從口袋裡拿出手機，打開了跟張陸讓的聊天室。裡面的顯示的最後一句話是，對方傳來的一個「嗯」。

蘇在在莫名火大。

平時就老是嗯嗯嗯的，一句話都不願意多說。

一到重要關頭，就立刻。

──「不來。」

蘇在在壓抑不住內心的衝動。

手指飛快的在鍵盤上敲打著，重重的敲出三個字。

──『張陸讓。』

那頭沒有立刻回覆。

蘇在在覺得自己是時候該爆發一下了，不然就算以後跟大美人在一起了，也會被他壓得死死的。

想了想，她繼續輸入。

──『我發誓，我再找你我就是吃狗屎長大的。』

傳送成功後，那邊立刻回覆了：『……』

他的回覆，就像是讓蘇在在隔空感受到他的氣息。

……瞬間後悔。

另外一頭的張陸讓也在猶豫著怎麼回覆。

她看起來好像很生氣的樣子……

還沒等他想好，那端又傳來一句話。

蘇在在：『我餓了。』

張陸讓頓了頓，想不通她為什麼情緒能變得那麼快。

但還是抿著唇在對話框裡輸入：『妳想吃什麼？』

他還沒傳出去，手機再次震動了一下。

蘇在在：『有狗屎嗎？』

張陸讓：「……」

他真的不懂蘇在在每天到底都在想什麼。

張陸讓把剛剛打的話一一刪掉。

隨後認認真真地敲打了六個字上去。

——『沒有，好好吃飯。』

蘇在在：「……」

大美人不來。

蘇在在只能拖著滿身傷痕出了教室。

她沒轍，山不來就我，我便去就山，追男人就是要有這樣的毅力。

後頭的姜佳抬頭看了她一眼，搖著頭嘆息：「身殘志堅。」

蘇在在慢慢的往前走，路過辦公室，剛想轉彎下樓梯，立刻注意到從樓下往上走的張陸讓。

張陸讓也看到她了，他的腳步一頓，很快就再次抬起腳，向上走。

蘇在在停下了動作，嘴角揚起一個大大的笑容。

「讓讓，你來五樓幹嘛呀？」她明知故問。

張陸讓看了她一眼，然後答：「找班導。」

蘇在在厚著臉皮接話：「我什麼時候改名叫做班導了？」

張陸讓：「……」

「而且陳老師不在啊，她週末不值班的。」

聞言，張陸讓立刻停下了腳步。

「嗯。」然後轉身走。

蘇在在立刻蹦跳幾下跟上他。

聽到身後的動靜，張陸讓還是忍不住回了頭：「蘇在在。」

蘇在在下意識地停了下來：「啊？」

他沉默了下，說：「我會過來的。」

蘇在在還沒反應過來，就聽到他繼續說：「就這個時間。」

隨後，他嘆息了聲，又道：「別亂跑。」

蘇在在乖乖地「哦」了一聲。

她想問，你是不是吃了我的果凍之後，才跟我說的話。

也不對，威力沒那麼大。

她想知道。

為什麼你只說了三句話，比我吃了一百個果凍還有用。

週一下午出了期中考試的成績。

蘇在在從宿舍回到教室的時候，才匆匆看了一眼。她排年級第八百二十五名，整個高一年級大概一千五百人。

不過去掉理科成績，總成績還是不錯的。

蘇在在挺滿意。

第一節晚自修，蘇在在立刻往門外跑，站在樓梯口等張陸讓。很快，他的身影出現在蘇在在的視野當中。

蘇在在清脆地喊了聲：「讓讓。」

張陸讓抬眼看她，低低地應了聲。

兩人走到一旁。

他看起來心情好像不是很好。

蘇在在眨了眨眼，直接問：「你心情不好嗎？」

「沒有。」他答。

「那你吃果凍了嗎？」

「……」

「吃了嗎？」

「……嗯。」

「吃果凍也沒用？」

張陸讓沉默了下，還是點了點頭。

「你真是不容易滿足。」蘇在在指責他。

張陸讓：「……」

蘇在在猶豫了下，說：「那我跟你講個笑話吧，我剛從網路上看到的。」

「……」

蘇在在清了清嗓子，開始說：「劉備的盧馬脫韁跑向懸崖，張飛急得大喊『大哥，你快勒馬！』」

提到這個，蘇在在突然停了下來，比劃著手指：「『勒』就是『勒索』的那個『勒』。」

張陸讓沉默著沒說話，靜靜地看著她。

蘇在在想到後面，邊笑邊說：「然後劉備就生氣地罵道：『我快樂你馬勒戈壁！』」

張陸讓面無表情。

「哈哈哈笑死我了，每次想到都覺得好笑。」

沒等到他的回應，蘇在在停下了笑聲，無辜地說：「不好笑嗎？」

他還是沒說話。

過了一下，張陸讓冷著臉教訓她：「蘇在在，別說髒話。」

原本以為能讓他變得心情愉快的蘇在在立刻炸了：「我哪有說！那是劉備說的！關我什麼事！」

莫名其妙的就被扣上一個爆粗的形象。

那不就拉低了好感值嗎！她不服！

她氣得像是要直接跳起來打他。

幾秒後，她的模樣逗笑了張陸讓。

本來還有些陰鬱的心情瞬間一掃而空，他低笑了聲。

鐘聲響了起來。

與此同時，他從嘴唇裡吐出了一個字。

「傻。」

他的話裡全是笑。

週二晚自修第一節下課。

蘇在在考慮了很久，每天只有十分鐘，對她來說太吃虧了。以前下課再加上下午的閱覽室時間，再怎麼樣一天也能見他一個半小時吧。

現在才十分鐘！

蘇在在決定跟他談談。她思考了下，然後問：「我下午去閱覽室跟你一起看書好不好？」

「不。」他立刻拒絕。

「可我如果下午不去閱覽室，就會忍不住回宿舍。」

張陸讓漫不經心地答：「那就回。」

「你看這裡宿舍那麼遠，我一來一回一個星期……」

他望了過來。

蘇在在一臉凝重：「好吧，那你記得來替我收屍。」

張陸讓：「……」

一片寧靜。

張陸讓先忍不住：「妳太誇張了。」

蘇在在瞪大了眼，控訴他：「你覺得走點路沒關係，那為什麼讓我別亂跑。」

張陸讓：「……」

蘇在在突然反應過來，她垂著頭，神情似乎有些後悔，「我懂了，你已經在我身上拿到了你想要的東西了。」

「……」

「你利用完我就跑，你過河拆橋。」

「……什麼？」

蘇在在下了個結論，「我把果凍都給你了，所以你現在不需要我了。」

張陸讓：「……別發病。」

見她不說話了。

張陸讓垂眼看她，立刻妥協：「五點半。」

聽到這話，蘇在在開了口，「讓讓。」

「嗯。」

「你真疼我。」

「……」

「我決定再買六排果凍給你。」

張陸讓：「……」

十一月份上旬。

一夜之間，冷風席捲而來。

張陸讓一起床就覺得喉嚨發癢。到下午的時候，就開始咳嗽了。他猶豫了一下，還是決定下午回宿舍睡一下。

趁下課時間，他到九班去找蘇在在。

蘇在在從教室裡走出來。見他精神不太好，她輕聲問：「你生病了？」

張陸讓沒回答，直接說：「我下午不去閱覽室了。」

「哦。」蘇在在沒再問。

把話給到了，張陸讓便轉身往回走。

後頭的蘇在在再度喊他：「病美人。」

張陸讓：「……」

他一點都不想回頭。

但蘇在在似乎也不需要他回頭。很快她就繼續說道：「回宿舍記得看手機。」

張陸讓是被室友叫醒的，他的腦袋還有些昏沉。站了起來，去廁所裡洗了把臉便準備回班裡。

他的腦子裡一片空白，卻莫名地想起蘇在在的話。

——「回宿舍記得看手機。」

張陸讓折回了櫃子旁，拿起手機看了一眼。

——『那些都是我給的。』

沒頭沒腦的一句話。

他有些莫名其妙地回了句：『什麼？』

那頭沒回覆。

張陸讓也沒在意，把手機放了回去，然後背起書包走出宿舍。過了一下，他又走了回來，把手機從櫃子裡拿出來，放進口袋裡。

回到教室。張陸讓的椅子上放著一張棕色的小毛毯，桌子上是熱水瓶，還有一袋藥。打開袋子，裡面的其中一個藥盒上貼著一張便利貼。

上面寫著一句話。

——在總的寵愛。

第二十一章　咬你

感覺有些不一樣了。
但這感覺，真的太好。

——《蘇在在小仙女的日記本》

蘇在在坐到位子上，滿臉惆悵：「美人一生病，看起來柔柔弱弱的，讓人心生憐愛之情。」

姜佳：「……妳放好了？」

蘇在在點點頭，有些擔心：「那毛毯是不是太薄了……」

「啊？還好吧。現在也沒多冷，足夠了。」

「不知道水對他來說會不會太燙，我倒在手上試了一下，好像還好。」

姜佳還在很認真地回答她：「倒在手中覺得還好應該就不會太燙吧。」

「買的藥會不會太少了？可學校附近的藥店就只有那些。」

「……」

「要不然我把我宿舍的被子帶給他吧。」

姜佳忍不住扶額：「蘇在在，張陸讓是妳兒子吧……」

蘇在在瞪大了眼：「當然不是。」而後繼續道：「不過我可以幫他生兒子。」

姜佳：「……」

另外一邊，張陸讓伸手捏住那張紙條，稍稍一扯，落入他的指尖。他看著紙條上的內容，有些無言以對。隨後，他垂頭，盯著椅子上那條小毛毯。

猶豫了一下，他拿了起來，看了看牆上掛的時鐘，已經快六點半了。

張陸讓只能疊好放在腿上，坐了下來。他從口袋裡拿出手機。一看，已經收到回覆。

蘇在在：『看到了嗎看到了嗎！』

張陸讓低頭咳嗽了兩聲，才回道：『嗯。』

他正想問買藥花了多少錢的時候。

蘇在在再度道：『別跟在總提錢，在總有的是錢。』

蘇在在：『在總的錢都是你的，別跟在總計較那麼多。』

張陸讓：「……」

他真的不知道該怎麼回覆。

張陸讓想了很久，還是決定不回覆了。

晚自修的鐘聲剛好響起，張陸讓把手機放進抽屜裡。

過了一下，他撓了撓頭，再次從抽屜裡拿出手機。

看到她又傳來兩則訊息。

──『讓讓。』

──『不要生病呀。』

張陸讓盯著那兩則訊息。直到周徐引拍了拍他的肩膀，示意他老師來了。他才反應過來，把手機塞進抽屜裡。

張陸讓拿起筆開始寫作業。筆尖一直停著，沒有動彈。

幾分鐘後，他再度拆開那個袋子，拿了一盒感冒藥出來，就著熱水瓶裡的溫水，吃了兩顆藥。

吃完之後，他點亮手機，回覆：『嗯。』

週四，蘇在在突然發現自己正常走路好像也不痛。只要傷口不撞到東西，基本上沒什麼感覺了。

下午兩人從閱覽室回來的時候，蘇在在直接跟他提：「我的腳不痛了。」

張陸讓低頭掃了她的腳一眼，應了聲：「嗯。」

「所以以後我去找你就行啦。」

張陸讓愣了一下，沒回答。

沒得到他的回應，蘇在在湊過去，厚著臉皮問他：「那我能去你們班找你嗎？」

張陸讓沒怎麼猶豫，直接點頭。

蘇在在高興的幾乎要跳起來：「什麼時候都可以？」

張陸讓思考了下：「除了上課的時候。」

「既然你這樣。」

「嗯？」

蘇在在厚顏無恥地說：「那我也同意你能過來找我。」

不過張陸讓好像沒覺得不妥，他認認真真地「嗯」了一聲。

這樣的反應，倒讓蘇在在有些不好意思。

蘇在在扯到別的話題上，「之前姜佳跟我說，一班有兩個男生長得特別好看。」

「嗯。」他漫不經心地應了聲。

「一個是你，另外一個叫做周徐引，你隔壁桌。」

聞言，張陸讓轉頭看她。

蘇在在沒注意到他的視線，繼續道：「我昨天送東西給你的時候看到他……」

他怎麼能跟你相提並論呢！長得還沒你的一根頭髮好看！

她這兩句話還沒說出口。

張陸讓就開口道：「蘇在在。」

突然被打斷，蘇在在愣愣道：「啊？」

他的表情變得隱晦不明：「腳還沒好就別亂跑。」

莫名受到這樣的指責，蘇在在無辜道：「差不多好了呀。」

張陸讓抓了抓頭髮，垂著頭，不知道在想什麼。

蘇在在嬉皮笑臉的扯話：「你不讓我亂跑，那你來找我啊？」

「好。」他立刻答。

蘇在在沒反應過來。

張陸讓眼神有些不自然，他下意識別過了眼，問她：「妳明天怎麼回家？」

蘇在在的思緒一下子就被他拉到這上面來。想了想，她答：「應該是跟姜佳一起去茂業大廈坐車吧。」

張陸讓轉頭看她，輕聲道：「坐計程車回去吧。」

「……為什麼？」

計程車要五十塊呢！她瘋了嗎！

「人太多，會被踩到。」

蘇在在低頭，乖乖地「哦」了一聲。

見狀，張陸讓垂眸看她，問：「不是說要教我騎單車？」

提到這個，蘇在在有些興奮：「對啊！什麼時候！」

「那就快點好。」他說。

週五晚上，蘇在在寫完英語作業後，傳訊息給張陸讓。

蘇在在：『讓讓。』

蘇在在：『你明天要遛酥酥嗎？』

過了幾分鐘，張陸讓才回覆。

張陸讓：『嗯。』

蘇在在：『什麼時候呀。』

張陸讓：『……』

等了幾分鐘，也沒等到他再說話。

蘇在在不敢相信。

他們現在也算是經歷過風雨的關係了，怎麼每次大美人的第一個反應就想著拒絕她。

蘇在在怒了，放了狠話：『你不告訴我，我現在就出門去你家門外等。』

蘇在在：『我明天七點出門，給你跟我偶遇的機會。』

張陸讓：『……』

見他這樣，蘇在在直接丟開手機，將自己埋入被子中。她覺得自己這樣一點都不好，比之前更討人厭。

一被拒絕就想生氣。

可她明明就沒有任何立場去生他的氣。

過了一下，手機再度響起。蘇在在磨磨蹭蹭的挪過去，拿起手機，螢幕上亮著一句話。

──『吃完早餐再出來。』

蘇在在揉了揉眼睛，慢慢地回覆：『家裡沒吃的。』

隨後，她盯著上面的那句：對方正在輸入中……

默數著。

一、二、三……五秒後。

手機響了一聲。

──『我買給妳。』

蘇在在的壞心情一掃而空，手指在螢幕上敲打了起來。

蘇在在：『我想吃菁華旁邊那家麵包店的紅豆麵包。』

張陸讓：『好。』

她忍不住在床上滾了一圈，然後得寸進尺：『我想跟你一起吃。』

張陸讓回得很快。

——『好。』

隔天一早，蘇在在準時七點出了門。她走進電梯裡，傳訊息給張陸讓。

蘇在在：『讓讓，你在哪？』

張陸讓：『妳家樓下。』

蘇在在在原地傻笑。過了幾分鐘，才發現自己沒按樓層鍵。她眨了眨眼，立刻戳了戳數字「1」鍵。

出了樓下的大門。

張陸讓站在不遠處的樹蔭下。一隻手提著一個袋子，另外一隻手拿著一條黑色的狗繩。見到她下來了，他對著遠處喊了聲：「酥酥，回來。」

與此同時，一人一狗向他蹦跳了過來。

蘇在在厚顏無恥地應道：「我來啦。」

腳邊的酥酥也「汪」了聲。

張陸讓：「……」

他彎下腰，幫酥酥扣上了狗繩。

看著那隻萌化了的薩摩耶犬，蘇在在問：「我能牽牠嗎？」

張陸讓毫不猶豫：「不能。」

蘇在在愣了，以為自己聽錯了。但她還是放低了要求，說：「那我能摸摸牠嗎？」

「不能。」

這下她能確定剛剛自己沒有聽錯了。連續被拒絕了兩次，蘇在在炸了：「你家養的狗是國寶嗎！摸一下也不行！」

她突然升高的語調讓張陸讓愣了一下，很快他就說：「牠對陌生人凶。」

蘇在在哼唧了聲，道：「我會怕嗎？」

沉默了片刻，張陸讓才開了口：「嗯。」

蘇在在：「……」

「牠可能會咬妳。」

「那算了，你讓牠走遠點。」

「……」

蘇在在還是有點怕，想了想，她提心吊膽地威脅，「牠咬我，我就咬你。」

蘇在在沒有別的意思。

主要是她還沒想到別的意思。

但張陸讓的耳根，莫名的燒了起來，像是一簇火。

第二十二章　我讓讓辣

哈哈哈哈好可愛。

——《蘇在在小仙女的日記本》

蘇在在說完之後，也覺得不太好。

現在對大美人的調戲只能停留在精神層面，如果貿然地深入到肉體，就太過急躁了。

她想了想，補充道：「……的狗。」

聞言，張陸讓耳根的熱度漸消，轉頭看她，眼裡毫無情緒。

蘇在在怕他沒聽懂，重複道：「如果你的狗咬我，我就咬回去，咬你的狗。」

張陸讓：「……」

沉默了一瞬，張陸讓把手上的袋子塞進她手裡，沉聲道：「吃完就回去。」

聞言，蘇在在有些不高興，低聲嘟囔著：「我這麼早起的目的又不是為了吃早餐。」

「什麼？」他沒聽清。

她沒說話，安安靜靜地解開那個袋子，看著裡面的東西。

三個紅豆麵包，兩塊烤吐司，兩瓶牛奶。

說話的期間，兩人走到社區的一塊草坪上。

張陸讓蹲下身子，幫酥酥解開了狗繩。

蘇在在的視線跟隨著牠，看著牠一下子跑到很遠。

隨後，兩人走到樹蔭下的石椅旁坐下。蘇在在拿起一瓶牛奶，將吸管插進瓶口的鋁箔紙上，獻寶似地遞給他。

張陸讓看了她一眼，接了過來。

看著裡頭的麵包，蘇在在抓了抓頭髮，滿臉糾結。

「讓讓，你吃兩個紅豆麵包，一塊烤吐司能飽嗎？」她問。

張陸讓點了點頭。

「那一個紅豆麵包，一塊烤吐司呢？」

「嗯。」

蘇在在不厭其煩的繼續問：「如果只有一塊烤吐司呢？」

「……嗯。」

聽到他肯定的回答，蘇在在愉快地做了決定。

「那你就只吃一塊烤吐司吧。」

張陸讓：「……」

蘇在在沒有注意到他的反應，暗自想著：這個量，如果她吃慢點，應該能吃到中午十二點。而且不能只顧著吃，還要說話，這樣才能最大限度的放慢速度。

蘇在在思考了下，說：「我跟你講個笑話吧，我在網路上看到的。」

「……」他不想聽。

蘇在在也不管他想不想聽，直接開口：「期中考試班裡很多人考砸，老師怒道，『填空題白送的四十分，居然有人考十分和二十分？十分到二十分的全都給我站起來，把卷子抄十遍！』」

張陸讓照舊面無表情，垂著頭咬著吐司。

「有個同學就慶幸地說，『好險，我二十一分。』然後另外一個同學開了口，說，『我也好險，我九分。』」

蘇在在說完之後立刻笑出聲來。

張陸讓毫無反應。

這下蘇在在也無語了：「這次也不好笑？」

張陸讓頓了頓，才應道：「嗯。」

笑點極其低的蘇在在開始惱羞成怒，指責他：「你別只顧著吃。」

「……」

「你是不是覺得你吃完了之後，我就會分一點給你？」

張陸讓剛想否認，就聽到她繼續說：「想都別想。」

「……」

撒完潑後，蘇在在秒怕，連忙遞了個紅豆麵包過去：「我當然不可能只分你一點，我那麼寵你，怎麼可能那樣對你。」

張陸讓：「……」

見他似乎沒有拿過的欲望，蘇在在直接將之塞進他的手裡。

她突然想起一件事情，問道：「讓讓，你分組還是要選理組嗎？」

張陸讓拿著那個紅豆麵包，沒動，而後漫不經心地回道：「嗯。」

蘇在在有些失望地「哦」了一聲。

張陸讓側頭看了她一眼：「好好念書。」

不知道他為什麼突然說這個，但蘇在在還是覺得她很有必要為自己辯駁一下。

「我一直有好好念書。」

張陸讓沒說話。

蘇在在忍不住繼續為自己說好話：「我這次加上理科還排年級八百二十五呢！」

選文組的話，她肯定能進文組資優班。

聞言，張陸讓皺了眉：「我排二十五名。」

「……」蘇在在愣了一下才難以置信地開口：「那你那天為什麼不高興，我以為你考砸了都沒敢提成績，還一直在逗你開心。」

「……」他確實覺得考得不好。

但張陸讓現在不敢說了。

「……」

「沒想到，你居然排二十五名。」

「……」

「你在變著花樣玩弄我。」

「……」

「你讓我一個考八百二十五名的人來逗你這個考二十五名的人開心。」

「……我沒有。」

蘇在在才不理他怎麼說，繼續瞎掰，「張陸讓，如果你不哄我，我會一蹶不振，就此頹廢下去，並且再也無法變回那個霸道自信的在總，也無法變回那個美麗可愛的在在小仙女。」

張陸讓完全不知道該說什麼，憋了半天也只憋出了一句：「正常點。」

「選吧，哄我和失去我，選哪個。」

「……」

「快選。」

張陸讓抓了抓頭髮，妥協道：「……怎麼哄？」

蘇在在想了想，嬉皮笑臉道：「你問我，我是誰。」

看著她，張陸讓有些猶豫，還是問了：「妳是誰。」

「我在在辣。」她笑得眼角彎彎，說話的尾音還特地拖長。

張陸讓：「……」

過了一下，蘇在在問：「你是誰。」

「……」張陸讓覺得自己快崩潰了。

看到蘇在在期待的眼神，他垂下了眼。眼底全是挫敗。很快，他的唇輕啟，一板一眼地吐出了四個字。

「我讓讓辣。」

這四個字大概能讓蘇在在的好心情保持一個月。她決定不浪費他那麼多時間了。蘇在在加快了吃早餐的速度。

餘光注意到她快吃完了，張陸讓把酥酥喊了回來，幫牠扣上了狗繩。

蘇在在嘴角翹得老高，盯著他，也不說話。

張陸讓挪開了眼，冷聲道：「回家。」

「你生氣啦？」蘇在在湊了過去。

他沒說話。

「不覺得那樣的對話很可愛嗎？」蘇在在問。

張陸讓的下顎僵硬，嘴角平直成線：「不。」

「那你為什麼要說？」

「……」

「你說了你還不高興。」

「……」

「然後我又得哄。」

「……」

蘇在在嘆了口氣，說：「你哄我一句，我得哄你十句。」

他忍無可忍，終於開了口：「沒生氣。」

蘇在在逗夠了，扯到別的話題上：「你平時不在家的時候，是你爸媽照顧酥酥的嗎？」

張陸讓的腳步一頓，慢慢地回答：「不是。」

原本以為一定是肯定答案的蘇在在愣了。

「啊？」

「……」

「那、那誰照顧牠？」

張陸讓輕聲答：「我舅舅。」

「哦。」蘇在在沒再問。

過了一下。

蘇在在把話題轉到別的上面：「讓讓，我想養狗。」

他皺眉，沉聲道：「別養。」

蘇在在懵了：「為什麼？」

他看著她，認真地說：「怕妳咬牠。」

第二十三章　哥哥

紀念一下，今天光棍節。
他剛好把我封鎖了。
呵呵。

——《蘇在在小仙女的日記本》

到家後。

蘇在在回到房間，看了看手機。

七點四十分。

不久後，蘇在在在房間裡聽到了蘇父蘇母起床的動靜。她在床上打了個滾。

想起剛剛張陸讓的話，蘇在在立刻氣笑。

不過想起那四個字，蘇在在還是決定原諒他。她把自己捲入被子中。想了想，還是傳訊息給張陸讓。

蘇在在：『讓讓，你明天怎麼去學校？』

過了一陣子，張陸讓才回覆。

——『我舅舅開車送我去。』

蘇在在：『你平時都是你舅舅送去的？』

張陸讓：『嗯。』

蘇在在：『那你上次為什麼坐公車？』

張陸讓：『他出差。』

蘇在在盯著螢幕上的內容，有些失神。

不知道他為什麼不跟父母一起住。

他好像不想說，她就不問。

蘇在在沒再回覆，出了房門。她走到客廳，坐到蘇父的旁邊，說：「爸，我想養狗。」

蘇父手指一頓，幫她倒了杯水：「喝杯水冷靜一下。」

「我真的想養。」蘇在在直接拒絕了他的水，「不需要冷靜。」

過了一下，蘇母從廁所裡出來。她用眼尾掃了他們兩個一眼：「你們兩個說什麼呢？」

「女兒啊，要冷靜。」蘇父急得抓耳撓腮。

可這樣的話完全阻攔不了她，蘇在在立刻開了口：「媽，我想養狗。」

蘇母愣了下，隨後眉開眼笑：「乖女兒，真巧，我也想。」

蘇父：「……」

蘇在在一下子興奮起來，繼續道：「我想養薩摩耶！」

「不養薩摩耶。」蘇母道。

蘇在在有點小失望：「那養什麼？」

「柯基。」

蘇在在立刻反對：「不行！怎麼能養柯基！我早上帶牠出門散步，說不定到晚上才走到樓下！」

蘇母沒理她，轉頭看向蘇父：「老蘇，別看了，上班了。」

蘇在在湊過去，討好道：「媽，養薩摩耶不好嗎？微笑天使呢！」

蘇母瞟了她一眼，慢悠悠地說：「要麼養柯基，要麼不養。」

「……」蘇在在立刻妥協，「那就柯基吧。」

用小短腿來襯托她的長腿也好。

蘇父蘇母出門後，蘇在在也回了房間。她拿起手機，剛想跟張陸讓說她要養狗了，就看到他傳來一則訊息。

跟他上一則間隔了五分鐘。

——『我可以自己去。』

蘇在在有些莫名其妙。

大美人想說什麼？跟她炫耀自己有多厲害，能自己一個人去學校嗎？

蘇在在無言以對，但還是決定順著他來。

她也很驕傲地回道：『我也能自己一個人去學校，我從小學三年級開始就不用父母接送了呢，是不是跟你一樣勇敢。』

傳送成功後，蘇在在盯著手機，期待著張陸讓的回覆。

過了好一陣子。蘇在在等得快要睡著了，眼睛不受控制地闔上。睡意朦朧之際，她聽到手機響了兩聲，卻掙脫不開睏意的拉扯，直墜一片黑暗之中。

再醒來的時候，蘇在在下意識的點亮了手機。解鎖後，映入眼中的還是她和張陸讓的聊天對話。

「zlr」收回了一則訊息。

「zlr」收回了一則訊息。

——『嗯。』

蘇在在一臉茫然，連忙問他：『你收回了什麼？還兩句。』

張陸讓：『沒什麼。』

蘇在在懊惱地爬了起來，盤腿坐在床上。用手機托著下巴，想了半天也想不出有什麼方法能讓他把那兩句話吐出來。

她急了，指責道：『敢做不敢當！』

張陸讓：『……』

蘇在在：『你不告訴我，我就……』

蘇在在抓了抓頭髮，幾乎要跪下：『我求你了。』

另外一頭。

張陸讓看到她的話，有些無奈。他放下手中的筆，認真地回覆。

——『真的沒什麼。』

這好奇心就被他吊著，不上不下。

蘇在在抿著唇，莫名燃起了火氣。

蘇在在：『呵呵。』

蘇在在：『我沒想過你是這樣的人。』

蘇在在：『我跟你說，你不告訴我，我一天都過不好。』

蘇在在：『吃不好睡不好念書也念不好，我大概是個廢人了。』

張陸讓：『……』

見他又傳刪節號，蘇在在更氣了。

沒看到她在生氣嗎！不知道這樣是火上澆油嗎！她正想繼續指責他，突然注意到剛剛自己傳的話。

最上面兩個字。

哥哥。

蘇在在：「……」

……我靠！

這該死的輸入法，這該死的自動選字。

蘇在在立刻補救，但越著急出錯越多。

——『不對，我要說的是哥哥啊！』

——『不是啊不是的！是哥哥！』

那頭又傳來一個刪節號。

蘇在在深吸了口氣，決定冷靜下來，然後放慢速度，緩慢地打著ㄏ、ㄏ。看著上面顯示的「哥哥」、「呵呵」、「喝喝」。

她仔仔細細地戳中那個「呵呵」。

確認正確無誤之後，她鬆了口氣，愉快地按了下那顆綠色的「傳送」鍵。

意外的是，螢幕上顯示著一句很長很長的話。

『**zlr** 開啟了朋友驗證，你還不是他（她）的朋友。請先傳送朋友驗證請求，對方驗證通過後，才能聊天。』

蘇在在：「……」

週末下午，張陸讓回到班裡。他正想起身去裝水，一摸水瓶，卻發現裡頭已經裝滿了水，而且還是溫的。

不知道是誰幫忙裝的。

張陸讓猶豫了下，還是決定去飲水機重新裝。他站了起來，剛想往外走，蘇在在的腦袋就從窗戶外探了進來。

看到他到班裡了，她笑彎了眼，清脆地喊著：「讓讓。」

張陸讓看了她一眼，沒開口。

注意到他手裡拿著水瓶，蘇在在討好般地開了口：「溫度不合適嗎？我倒在手上試過了呀。」

張陸讓收回了腳，重新坐回位子上。

蘇在在也從外面走了進來，坐到他前面的位子。

張陸讓拿起水瓶喝了一口水。

蘇在在盯著他，輕聲問道：「你感冒好了嗎？」

他低低地「嗯」了聲。

過了一下，蘇在在糾結了半天，還是決定用憤怒的語氣。她拍了拍他的桌子，怒道：「你居然把我封鎖了。」

張陸讓：「……」

蘇在在乾脆直接不要臉了：「你太過分了，我們的友誼太容易破碎了。我喊你哥哥怎麼了，反正我肯定比你小。」

「……」

「就算你比我小，我看起來也比你小，我怎樣都比你小，喊你哥哥怎麼了？」

張陸讓忍不住了，沉聲道：「那妳會再被我封鎖一次。」

蘇在在：「……我跟你鬧著玩呢。」

張陸讓垂下頭，提起筆開始寫作業。

蘇在在的心情瞬間低落，但還是硬著頭皮道：「那是選字的鍋，你不能推給我。」

「……」

「我又不是故意的，你那麼生氣幹嘛……」

「沒生氣。」他道。

蘇在在單手托著腮幫子，悶悶地說：「在總今天特地來幫你裝水，你還給在總臉色看，在總覺得很心塞。」

張陸讓：「……我沒有。」

蘇在在還想說些什麼。

外頭突然走進來一個女生，她看到自己位子上的蘇在在，表情立刻黑了。

葉真欣三步並作兩步地走了過來，毫不客氣地大喊道：「妳誰啊，能不能別亂坐別人的位子啊？煩不煩！」

蘇在在突然被這樣一吼，完全傻了。她立刻站了起來，下意識地道歉。

葉真欣完全不顧她的示弱，滿臉火氣，指著椅子道：「給我擦乾淨，我最討厭別人坐我的椅子了，噁心死了。」

周圍的人望了過來。

蘇在在被她這樣激動的情緒搞得有些不知所措。但想想，好像也是自己沒經過她的同意就碰了她的東西。

那就擦吧……

想清楚後，她「哦」了一聲，然後轉頭看向張陸讓：「你能借我衛生紙嗎？」

張陸讓沒動，腦袋稍稍一偏，視線跟她對上。

沉默了一瞬後，張陸讓開了口，「蘇在在，回去。」

蘇在在眨了眨眼：「你別趕我呀，我擦完就走。」

「我幫妳擦。」他輕聲道。

蘇在在張了張嘴，想要拒絕。

她怎麼可能讓大美人去擦別的女生的椅子！除非讓她死！

過了一下，張陸讓看了她一眼，眼神帶了點安撫，隨後補充了一句：「我晚點去找妳。」

蘇在在被他這個眼神電得暈乎乎的。忘了開口拒絕，她乖乖地點點頭，出了一班。

見蘇在在出了門，張陸讓才起了身，他從講臺上拿了一塊抹布，出門，走到廁所洗乾淨。

葉真欣在後頭喊他，他像是沒聽到那般。

回到教室後，看著已經坐在自己位子上的葉真欣。

張陸讓的眼神澈底冷了下來。他什麼也沒說，把抹布放了回去，便走回自己的位子上。

過了一下，葉真欣轉過頭來，輕輕地開口：「我剛剛太激動了，不是故意的，應該不會嚇到那個女生吧？」

想到蘇在在剛剛被罵得愣了的表情，他的火氣莫名其妙的燃到了最頂端。

張陸讓扯了扯嘴角，嗤笑了聲。

「滾。」

第二十四章　在總美若天仙

我也很漂亮。
成績不錯，也不算窮，性格也很好。
我配得上讓讓。

——《蘇在在小仙女的日記本》

葉真欣愣了一下，像是沒聽清，又像是不敢置信。她看著他，呐呐地問道：「你說什麼？」

張陸讓倏地站了起來，椅子發出巨大的「吱啦」聲。碰到後面的桌子上，還發出「哐噹」的吵聲。他沒再理她，冷著臉往外走。

這麼大的動靜，周圍的人再度看了過來。

葉真欣頓時覺得難堪到無地自容。她轉回了身子，趴在桌子上。

想到剛剛的畫面。

女生垂著頭說著話，對面的張陸讓手裡拿著筆，視線卻一直放在她的身上。

一直看著她，只看她。

葉真欣的眼淚唰一下就下來了。

蘇在在回到班裡。

等了十分鐘左右，張陸讓的身影就出現在九班門口。

蘇在在笑嘻嘻地跑到他面前，站到他身前才發現他的表情不太好看。她唇邊的笑意收了起來，有些不解。

「讓讓，你怎麼了？」

張陸讓垂眸，盯著她看，沒開口。眼睛帶著細細潤潤的水光，深邃又迷人。像是在攝人心魂。

蘇在在想了想，立刻反應過來。她氣得差點跳起來，說：「那個女生罵你了？」

張陸讓：「……」

「怎麼罵的？」

不知道她為什麼是這樣的反應，張陸讓瞬間有些無措。

壞心情一掃而空。

「沒有。」他說。

「不過那個女生確實有點凶。」蘇在在喃喃自語。

「……」她完全不聽自己說的話。

「其實這麼說吧，要我去嗆她我也有點怕。」

「……」

蘇在在拍了拍他的肩膀，安撫道：「你在這等著，我去替你爭口氣。」

張陸讓無言以對，想了想才道：「……妳要做什麼？」

她胡說一通，給自己打氣：「我跟你說，我罵人可厲害了。」

注意到他懷疑的眼神，蘇在在繼續道：「我剛剛只是不想理她，但欺負到我的人頭上，我能有一百種折磨她的辦法。」

張陸讓愣了：「什麼人頭？」

「……」

蘇在在盯著他，也有些愣，很快就反應了過來，細聲解釋：「不是我的人頭，是我的人的頭上。」

說完之後又覺得不對勁，立刻改口：「我的朋友。」

張陸讓：「……」

過了一下，他嘆息了聲：「蘇在在。」

「啊？」

「以後別過來了。」

聞言，蘇在在原本振奮的心情就像是一顆瞬間癟了的氣球。她的腦袋垂了下來，鞋尖無意識的摩擦著地面，發出「沙沙」的聲響。

她「哦」了一聲，聲音低到了塵埃裡。

不知道她的情緒為什麼瞬間就低落了下來，張陸讓張了張嘴，剛想補充點什麼。

蘇在在又開了口：「你是不是覺得我很煩人。」

她第一次開口問，第一次忍不住。

儘管她知道，問出這個問題的她更煩人，卻還是那麼迫切的想知道答案。

蘇在在不知道，她在張陸讓心中到底是什麼樣的。

是不是死皮賴臉的、纏人的、讓人不耐煩到了極點的，這麼一個人。

她不敢想。

那樣多可怕啊，所有的醜態，如果在他的眼裡都被放大了，那該怎麼辦。

如果在張陸讓的眼裡，她是這個樣子的，那她，該怎麼辦。

蘇在在突然有些後悔問了，她立刻思考著要怎樣才能自然的轉移話題。

還沒等她再開口，張陸讓皺著眉，立刻否認，「不是。」

蘇在在抬起了頭，喃喃道：「不是嗎？」

「不是。」他重複道。

聽到這個答案，蘇在在的精神一下子就上來了。

她嘴角彎了起來，得寸進尺道：「一秒都沒有嗎？」

「沒有。」

沒有摸脖子，他說的是真的。

蘇在在真想跳起來給他個親親。

見她情緒不再低落，張陸讓鬆了口氣，但還是強調著：「一秒都沒有。」

蘇在在有底氣了，立刻劈里啪啦的丟出一連串話。

「你為什麼要封鎖我？怕你不高興我都不敢加回來。」

「而且過去找你你也不跟我說話，就知道趕我走。」

「現在都不讓我過去了。」

想了想，她掰著手指說：「你是不是覺得自己長得又高又帥，家裡有錢，成績好，就覺得自己特別了不起？」

張陸讓真的完全不能理解她的腦迴路，「……我沒有。」

「我跟你說，這真的……」沒什麼了不起的。

後面的話蘇在在說不出口，憋了半天，也實在說不出來。

她只能改了口：「我也不差好嗎！我也很漂亮啊！」

張陸讓額角一抽：「……正常點。」

蘇在在委屈地瞪大了眼：「我說我漂亮就是不正常了？」

「……」

「你平時說我不正常我都能忍，你在我誇了我自己漂亮之後，讓我正常點，這個我絕對忍不了！」

「……」

「你怎麼不在我誇你的時候說我不正常！」

張陸讓妥協：「好，妳很正常。」

「……」蘇在在完全沒有贏了的感覺。

沉默了一瞬後，蘇在在再次問起那個讓她耿耿於懷的問題，「你為什麼要封鎖我？」

張陸讓猶豫了一下，很快就開了口：「我沒封鎖，我就刪掉。」

沒想到會得到這樣的答案，蘇在在炸了：「那不是一樣嗎！」

張陸讓想解釋，話到口中，卻變成了：「我在跟妳開玩笑。」

幾秒後，蘇在在才反應過，「你說把我刪了是跟我開玩笑？」

她這樣的反應讓張陸讓不知道是該點頭還是搖頭。

「誰教你的？」蘇在在一臉傻眼，「我跟你說，開玩笑是，你刪了我之後立刻就加回來了，這才叫開玩笑！」

「……」

「現在距離你刪了我已經過了一天一夜了，你還沒加回來。」

「我回去就……」

蘇在在打斷他：「張陸讓，你傷了我的心。」

張陸讓：「……」

「你得哄哄我。」蘇在在說。

「……」

「這次比上次簡單，別怕。」

「……」

告訴他怎麼哄之後，蘇在在突然想起原本的事情：「說了那麼多，我差點忘了過去幫你報仇。」

張陸讓的眉間全是憂愁，不想說話。

「不能打人。」蘇在在喃喃自語，「那我人身攻擊吧。」

張陸讓：「……回去看書。」

「不行，你被罵了，我怎麼能不幫你出氣！」蘇在在怒道。

他無奈到了極點：「被罵的是妳。」

不知道她為什麼會一直覺得自己被罵。

蘇在在的火氣頓消，疑惑道：「她罵我？」

「……」

「那不算吧……」蘇在在眨了眨眼，思考了下，才說，「她應該只是有潔癖什麼的，能理解。」

張陸讓沒再說什麼，輕聲道：「回去吧。」

蘇在在點點頭，走了幾步又回頭看他，抱著期待問道：「我還能去找你嗎？」

張陸讓站在原地，背脊挺直，身姿高而清瘦，藍色條紋的制服襯得他越發的明朗。

「蘇在在，好好念書。」他再次提起這句話。

蘇在在簡直要鬱悶死：「我一直有好好念書。」

張陸讓挪開了視線，隨後，他輕聲說：「理組資優和文組資優是隔壁班。」

回到班裡。

沒過多久，張陸讓就把她加了回來，蘇在在高興地傳了三個字過去。

——『嘿嘿嘿。』

他沒回覆。

晚自修下課，回宿舍後。

蘇在在洗了個澡，看到時間已經快十一點了。

她忍不住問：『你不會忘了吧？』

蘇在在：『那我提醒提醒你。』

很快，那頭傳來一則語音。

蘇在在看了看周圍，彎著唇戴上了耳機。

他的語速又快又急，像是不甘願到了極點。但咬字卻清晰得很，讓人聽得一清二楚。

——『在總美若天仙，讓讓自愧不如。』

第二十五章 貞潔烈讓

有時候覺得自己運氣不好。
但實際上，其實我被幸運眷顧的更多。

——《蘇在在小仙女的日記本》

蘇在在噗哧一聲，直接笑出聲來。

宿舍已經安靜了下來。其他三人正開著小燈看書，但沒被她影響到。

蘇在在不太好意思，連忙收住了聲。她咬著唇，忍著笑。又戳了一下那個語音，聽了好幾遍後，長按收藏。

她把手機扔到一旁，將整個腦袋埋進被子裡，無聲的傻笑。

過了一下，蘇在在伸手把手機撈了回來，在螢幕上敲打著字。

蘇在在：『讓讓。』

蘇在在：『你生氣了嗎？』

蘇在在：『生氣了要說哈，不然隔著螢幕。』

蘇在在：『美若天仙的在總發現不了。』

另外一邊，看到她的回覆後。

張陸讓拉開落地窗，走進宿舍裡。他盤腿坐在床上，思考了一陣子。而後，他抿著唇，猶猶豫豫地打了個『嗯』字。

還沒傳出去，就立刻刪掉，重新打了句：『沒有，看書。』

隔天，下午放學。

葉真欣拒絕了室友一起去吃飯的邀請。見周圍的同學都出了教室去吃晚飯，她起了身，往五樓走去，右轉走進辦公室。

正好起身準備去吃晚飯的班導師見到她，挑了挑眉，笑道：「怎麼了？」

葉真欣站在原地，掃了周圍一眼，確定周圍沒有認識的同學，她才開了口：「老師，張陸讓跟九班的蘇在在早戀了。」

晚自修鐘聲響起後。

九班的班導師走進教室，提了幾件事情。

「上週我就說過了，明天教育部的人會過來檢查，男生……嗯，基本都剪好頭髮了，女生明天記得全部把頭髮綁起來。」

蘇在在用食指勾著髮尾，一圈又一圈的轉動。她垂著頭，另一隻手拿著筆寫著字，也不知道有沒有在聽老師說話。

「今天值日生把地拖一下。」班導師想了想，繼續道：「明天給我好好穿制服，別制服和禮服混搭，被抓到的話，你們就完了。」

最後，他意有所指的說了句。

「還有，你們現在才多大。好好讀書，別想別的東西，以後有的是時間，根本不用急在這一時。」

聽到這話，蘇在在才抬起了頭，視線剛好與班導師的撞上。她愣了一下，盯著他的眼睛，沒挪開。

反倒讓班導師主動移開了眼。

旁邊的姜佳突然湊過來，壓低了聲音說：「喂，班導不會在說妳吧？」

蘇在在猶豫了一下：「不會吧……」

「妳跟張陸讓很明顯嗎？」

「妳怎麼說的我跟他在一起了一樣。」蘇在在莫名其妙。

「……我覺得差不多了。」

聞言，蘇在在瞪大了眼，一副被冤枉的模樣：「哪有！我跟他說話，我們兩個之間至少隔著一公尺，如果這算在一起了，我……我還是去死吧。」

姜佳：「……」

「妳是不知道大美人有多古板，我無意間說句曖昧點的話，他就立刻生氣了。」

姜佳完全不信：「不至於吧……」

「怎麼不至於了！比如前天不小心喊他哥哥，他氣得直接把我封鎖了。」

「……」

蘇在在怕得要死：「所以，肢體上的接觸，說真的，我沒膽。」

「……」

蘇在在下了個結論：「他像個貞潔烈婦。」

「……」

說出口後，又覺得不太對勁，立刻改口。

「不對，貞潔烈讓。」

姜佳嘴角一抽：「……寫作業吧。」

第二天一早，蘇在在睜著惺忪的眼，踩著拖鞋走到陽臺洗漱。

外頭的天還濛濛亮。空氣又濕又冷，風呼呼的吹。

蘇在在一下子就清醒了，邊發抖邊刷牙。洗漱完後，她直接用手捋了捋頭髮，隨手一束，就綁了起來。

蘇在在走回宿舍裡，把落地窗關上。

看著要出去陽臺洗漱的小玉，她提醒了一句，「穿件外套再出去，冷。」

姜佳剛從廁所出來，看了她一眼，然後用手指了指她的頭髮，說：「妳把頭髮重新綁一下，亂死了。」

聽到這話，蘇在在拿起放在櫃子上的鏡子看了看。

「不會呀，有蓬鬆感，完美。」

「……」

蘇在在興致來了，開始胡說八道：「妳別看我這樣，我的每一根髮絲，都是我精心調整、處理過的，不能隨隨便便改變它們的位置。」

「……呵呵。」一大早就這麼多廢話。

「這樣會遭來詛咒的。」

姜佳不理她，走到陽臺洗漱。

隨後，蘇在在也轉身，走進廁所裡換制服。

出來的時候，姜佳也差不多整理好了。

兩人一起出了門。

六點半，餐廳的人還很少，基本都已經打好早餐找了位子坐下，沒什麼人站在窗口前排隊。

蘇在在走到其中一個窗口前，點了兩個麵包。她找了個位子坐下。

沒多久，姜佳也走了過來。

蘇在在看了看她碗裡的麵條，嘆了口氣：「突然好想吃麵條。」

姜佳看了她一眼：「那我跟妳換？」

「不用。」她拿起麵包啃了一口，「麵包也不錯。」

姜佳沒再說什麼，垂著頭吃早餐。

一分鐘後。

「這麵包也太乾了吧……」

「好難咽。」

「妳說學校是怎麼做出這樣的麵包的，不敢相信。」

「我感覺我會渴死的。」

姜佳忍不住了：「妳少說點話，能拖久點存活時間。」

蘇在在立刻安靜下來。

姜佳想了想，說：「我去買瓶牛奶給妳？」

蘇在在搖了搖頭，嘴裡嚼著麵包。

半分鐘後，她看了賣飲料的窗口一眼，才開了口：「人好多，妳排回來我都吃完了。好了，妳別跟我說話了，不要引誘我說話，我想活久一點。」

姜佳剛想說些什麼，突然發現坐到蘇在在後面那排的人站了起來。單肩背著書包，另一隻手拿著餐盤走出了餐廳。

姜佳對著他抬了抬下巴，說：「那是不是妳家大美人？」

聞言，蘇在在回頭看了一眼，很快就將腦袋轉了回來。

「他剛剛坐我後面？」

「是啊。」

「呵。」

「……妳幹嘛？」

蘇在在悲憤地分析：「如果他比我先坐下，我肯定能發現他。但我沒發現他，說明他是比我晚來的，然後這個角度，他肯定看到我了，卻沒有跟我打招呼。」

「……可能他認不出妳的背影。」

「不可能！」蘇在在拒絕承認，「所以我說他是個很無情的人。」

姜佳有些無語：「妳家大美人知道妳老是這樣說他壞話嗎？」

「我哪有說。」蘇在在無辜道。

「……」

「這哪算，這件事情很多人都知道呀。」

姜佳垂下頭吃麵，含糊不清地回道：「是嗎？」

「當然啊，人盡皆知的事情我為什麼不能說！」

「……」

「張陸讓就是很無情呀，有時候我都想上去打他一頓，要不是因為他……」

蘇在在還沒說完，眼前突然現出一隻骨節分明的手。

白皙，修長，有力。

他漫不經心地放了一瓶牛奶在蘇在在的面前，而後轉頭就走。

蘇在在不抬頭都能認出那隻手的主人。而且……她不敢抬頭了。

姜佳把麵吃完了，才抬起頭。

注意到蘇在在呆滯的表情，還有一旁多出的牛奶，鬱悶道：「什麼情況？」

「妳經歷過絕望嗎？」她輕聲說。

「啊？」

蘇在在沒再說話，她真的沒想過張陸讓還會回來，還帶了瓶牛奶給她。

看著桌子上的牛奶，蘇在在伸手摸了摸，熱的。

這個牌子，好像只有福利社有賣。

這樣一想，他真的走的挺快的……

蘇在在像是不敢面對現實般的，不斷地在想別的事情。她嘆了口氣，將吸管插進瓶口，喝了一口。

她覺得她的運氣一點都不好。

每次說他壞話，都一定會被抓到。

下課的廣播體操，各個班的學生在教室外排好隊伍，排好便往操場走去。幾個女生著急的跟旁人借橡皮筋，胡亂的把頭髮綁了起來。

太陽已經出來了，溫度並不灼人，只覺得暖意融融。灑在蘇在在身上，亮著金燦燦的光。

因為身高的緣故，蘇在在站在女生排的最後一個。她的頭髮天生就是栗棕色的，在陽光的照射下，顏色越發明顯。

廣播體操的音樂響起。

蘇在在剛做出第一個動作，就被人扯出了隊伍外。還沒反應過來，巨大的指責聲向她襲來。

「誰讓妳染頭髮的？」

蘇在在愣了，轉頭看向來人，高一的年級主任。

她指了指自己的頭髮，輕聲解釋：「我沒染，天生就這樣。」

他板著臉，完全不聽她說的話，「這週回去給我染回黑色。」

「我真的沒染啊。」蘇在在再次解釋。

年級主任的脾氣一下子就上來了，聲音又大又尖銳：「每個學生被我抓到，理由就是天生的。我那麼好騙？連換個理由都不會？」

蘇在在不說話了。

反正老師已經先入為主了，她再怎麼說，他也不會相信她說的話。

見她不再反駁，主任的臉色好看了些。他指了指教學大樓的方向，說：「回教室去，今天教育部的人要過來，別出來丟人現眼。週末趕緊給我把髮色染回去。」

蘇在在看著他，冷著臉道：「我可以回教室，但我不會把頭髮染黑。」

「妳……」

「我憑什麼因為你的不相信，就要承受這樣的後果？」她的脾氣也上來了，一字一句道：「我說了我沒染，我就是沒染。」

他完全不講道理，一下子又被話題扯到了別的方向：「誰准妳這樣跟老師說話的？」

蘇在在完全不想理他：「你不尊重我，憑什麼要我尊重你。」

說完她便往教學大樓的方向走。

沒過多久，教務主任眼前又晃過一個人。

他連忙喊道：「欸！你幹嘛？」

張陸讓轉頭，冷聲道：「染頭髮了。」

蘇在在還沒走到教學大樓，就被人拉住了手肘，她下意識地回頭望。

看到是張陸讓，她的第一個反應就是：「讓讓，我今早沒罵你。」

張陸讓：「……」

第二個反應，「你不做操嗎？你幹嘛？」

張陸讓沒說話，盯著她的眼睛看。

蘇在在想了想，問：「你聽到主任的話了？」

他點點頭。

嗓門太大，他下意識地望過去，就看到她了。距離太遠，聽不清她在說什麼，只能聽到那老師說「染頭髮」三個字。

蘇在在不在意別人的看法，只在意他的，她有些著急地開了口：「你別聽他的，我才沒染。」

張陸讓又點了點頭。

蘇在在鬆了口氣，開始教育他：「讓讓，我跟你說，遇上這種情況你千萬別怕。只要比他凶，他就不敢說什麼了，典型的欺軟怕硬。」

「……」他還以為……

「說又說不聽，以為自己大聲就有道理一樣，氣死我了。」

「……」她會哭。

「我才不怕他呢，他也不敢打我。如果他敢打我，我爸第一個打死他。」

「……」

「他最多就找家長，我媽來了也能罵死他。」

「……」

「反正怎樣都是他吃虧。」

張陸讓突然覺得有些好笑，很想摸摸她的腦袋，毛茸茸的，看起來又軟又萌。

蘇在在發洩完，火也散了。

她想起今天早上的牛奶，笑彎了眼，「讓讓，你今早買牛奶給我了耶。」

「嗯。」他輕聲應道。

「我要怎麼報答你呀。」蘇在在苦惱。

「……不用。」

「我把我的全部財產給你吧。」

「……」

「我懂，你大概是嫌少。」

兩人走進教學大樓，蘇在在才突然反應過來。

「所以你為什麼回來？」

「……」他以為她懂。

「你不會也被說染頭髮吧？你頭髮這麼黑也被說？」

張陸讓剛想否認。

蘇在在繼續開口，滿臉同情：「你比我更慘。」

「……」算了。

兩人走到三樓，張陸讓正想走進教室，蘇在在突然扯住他的衣角，一臉認真，又厚顏無恥：「我今早真的沒罵你。」

張陸讓想說，他全聽到了。

還沒等他開口，蘇在在理直氣壯的解釋道：「我當時還沒說完呢，我後面還有一句『要不是因為你帥』沒說出來，我前面說的話都是為了烘托這句話。」

「……」

「所以我的目的主要是誇你。」她的眼裡全是真誠。

張陸讓真的想知道她的臉皮能厚到什麼程度。他沉默了一下，才道：「……回去吧。」

蘇在在回到班裡，寫了一下作業後，姜佳也回來了。她連忙湊了過來，問：「妳沒哭吧？」

蘇在在無語：「這哪有哭的必要……」

姜佳鬆了口氣，說：「那就好。」

過了一下，她問：「剛剛張陸讓是不是去找妳了？」

想到這個，蘇在在又開始不高興了：「是啊，主任還說他染頭髮？唉，有毛病。」

「不是啊。」姜佳壓低聲音，「我聽後排的男生說的，是他自己說他染頭髮了。」

蘇在在：「……怎麼可能。」

「那可能是他們聽錯了吧。」姜佳也不再堅持。

蘇在在發了愣。

她想，如果是真的，那她還是，挺幸運的。

晚自修鐘聲響了沒多久後。

蘇在在被班導師叫到了辦公室。她還以為是今天頭髮的事情，也沒太在意。

蘇在在推開辦公室的門，走了進去，一眼就看到了站在英語老師和班導師面前的張陸讓。

兩人的視線撞上。

蘇在在心下一緊。她能猜到，老師在懷疑他們兩個早戀。

雖然他們真的沒有，但蘇在在還是慌了。因為不管發生任何事情，她一點都不想牽扯到張陸讓。

第二十六章 他很好

他不喜歡說話。
我一個人能說兩人份的話。

——《蘇在在小仙女的日記本》

蘇在在下意識地捏住拳頭，又鬆開。她緩緩地走到張陸讓旁邊。

剛站好，九班班導師王老師單刀直入，「你們兩個最近好像走得挺近的。」

蘇在在還在想要怎麼說。張陸讓直接開了口：「嗯。」

「……」豬隊友。

聞言，一班班導師陳老師皺了眉：「你們現在才多大？再過兩個月就要分班考了。高中的每一分每一秒都很關鍵，別把心思放在這上面。」

蘇在在舔了舔唇，解釋道：「老師，不是你們想的那樣。」

張陸讓似乎有些愣神。過了一陣子，像是想明白了什麼。眼神變得有些不自然，耳根發燙。

王老師完全不信：「不管是不是，你們最好少點來往，在學校裡影響也不好。」

蘇在在眨了眨眼，認真地重複道：「就不是呀。」

陳老師嘆了口氣，軟下聲音：「在在，妳最近還有個英語朗誦比賽，張陸讓最近也有物理競賽，你們也不小了，應該懂得孰輕孰重。」

張陸讓突然開了口：「我不準備也能拿第一。」

蘇在在突然覺得有些好笑，她彎了彎唇，也說：「我也能拿第一。」

王老師：「你們……」

「而且我們就是沒有啊。」蘇在在決定再解釋一次，「如果不能交異性朋友，那Z中怎麼不辦成女校或者男校？」

「……」

蘇在在誠誠懇懇地說：「老師，如果你覺得我這個意見可行的話，你能跟學校回報一下，不然就別一直揪著我們不放了。」

「蘇在在！」王老師火了，指著她的鼻子道：「妳明天就給我回家去！什麼時候想清楚了再回來！」

見狀，張陸讓跨了一步，擋在蘇在在面前。他的眼裡宛若冒著寒氣，又冷又厲，沉著聲，一字一句道：「她說了沒有。」

蘇在在從他後面冒出頭：「老師，你讓我回家也行，不過你得問問我爸媽，他們讓回我就回。」

兩個人軟硬不吃，老師也沒轍，只能讓他們先回去。

蘇在在出了辦公室的門，壓低了聲音，笑嘻嘻地誇他：「讓讓，你剛剛真帥！」

張陸讓：「……」

「一點都不像往常那樣嬌滴滴的。」

「……」

「快回去吧，我晚上傳訊息找你哈，別怕。」

「……嗯。」

晚自修下課鐘聲響起，蘇在在收拾好書包，正準備跟姜佳一起回宿舍的時候，班裡有個同學喊她：「蘇在在！有人找妳！」

蘇在在下意識地往前門望去。

是那個很凶的女生……張陸讓的前桌。

蘇在在跟姜佳說了一聲，讓她先回去，而後便走到那個女生面前，疑惑道：「妳找我？」

因為上一次的事情，葉真欣只覺得蘇在在是個軟柿子，一來就一副盛氣凌人的姿態，怒道：「你們都被老師發現了，就別再來煩他了行不行？成績那麼差也好意思。」

蘇在在：「……」

她想了一下，輕聲問：「妳去跟老師說的？」

葉真欣的表情瞬間僵了一下，硬著頭皮繼續道：「是又怎樣，我說的是事實，又不是瞎掰。」

蘇在在笑了下：「妳真蠢。」

葉真欣：「……」

「妳跟我說了有什麼好處？蠢死了，真的，蠢到我都看不下去了。」蘇在在完全想不通，「妳喜歡張陸讓？」

「……」

「妳喜歡他，為什麼來我這個情敵面前找存在感？」

葉真欣瞬間漲紅了臉：「妳、妳胡說什麼！」

「別想了，回去洗洗睡吧。妳長得沒我漂亮，身材沒我好，性格沒我好，還沒我主動，成績可能比我好吧，但人蠢，妳就別想了。」

「妳……」

「提醒妳一句，我肯定會跟張陸讓說是妳說的。」

「……」

「不過還是謝謝啦，因為妳，我被妳暗戀的人護著了呢。」

蘇在在看到她的眼淚一下子就湧了出來，她軟下聲音，細聲道：「哭吧，這次哭完就洗心革面，好好做人吧。」

蘇在在沒再管她，向前走，轉了個彎，下樓。

浪費了好多時間啊，她還要回宿舍調戲大美人呢。

蘇在在洗完澡之後，站在床邊，邊擦著頭髮邊看著手機。上鋪的姜佳探出了頭，小聲地問：「妳辣手摧花了嗎？」

「用詞不當。」蘇在在反駁，「應該是辣花摧手。」

「……」

她揚起頭，驕傲道：「我才是花。」

過了一下，蘇在在嘆了口氣，嘟囔著：「最討厭為難女生了，可她真煩人。」

「她幹嘛了？」姜佳好奇。

蘇在在哼唧了聲：「打小報告啊。」

「妳今天被老師叫去就是因為她？」

「對啊。」

「我靠，這女的有病吧。」

隔壁床的筱筱轉過頭來，好奇道：「妳們在說什麼？」

兩人收住了聲，道：「沒什麼。」

宿舍安靜了下來。

蘇在在戳開跟張陸讓的聊天室。

蘇在在：『讓讓。』

大概是因為提前跟他說過，他回覆得很快。

張陸讓：『嗯。』

蘇在在思考了下：『老師可能會叫家長（流淚）（流淚）。』

張陸讓：『……』

蘇在在正想打「別怕」兩個字。

那頭又傳來一句話：『哭什麼。』

蘇在在：「……」

她盯著剛剛傳的那兩個表情，沉默了很久。

糾結了一陣子，蘇在在慢慢地敲打著：『我那是表情……』

但最後她還是把那句話刪了。

蘇在在嘆了口氣，狠下心，回覆：『沒什麼。』

她如果澄清了，大美人多沒面子。顯得他多蠢一樣。

蘇在在：『你怕不怕被叫家長。』

蘇在在：『其實也不用怕呀，我們很純潔的！』

張陸讓：『嗯。』

蘇在在無法從他這一個字中看出他的情緒。她想了想，小心翼翼的提議：『要不然我們在學校保持點距離？』

蘇在在：『別被老師發現就好。』

蘇在在：『像偷情那樣。』

張陸讓：「……」

他的手指在螢幕上滑動了幾下，卻不知道該回什麼。

幾秒後。

蘇在在：『偷偷培養感情……』

蘇在在：『友情……』

張陸讓：『……』

蘇在在恬不知恥道：『我懶得打字，你應該要懂我。』

張陸讓不想理她了：『讀書。』

蘇在在：『讓讓，我跟你說。』

張陸讓：『嗯。』

蘇在在：『你前桌今天來找我了，跟我說是她跟老師打小報告的。』

蘇在在：『所以我跟你說。』

蘇在在開始胡說八道：『你不能老是脾氣那麼好。』
蘇在在：『適當的時候，你要對那些人冷漠一些。』
蘇在在：『當然我不一樣。』
蘇在在：『我是那個很寵你的在總，你當然也得對我好。』
蘇在在：『做人要有良心。』
張陸讓：『……知道了。』

隔日，早自修課後。
葉真欣糾結了好久，才轉過頭，問：「昨天……」
張陸讓垂著頭，沒半點反應。
她狠下心，一口氣問：「那個，蘇在在有跟你說什麼嗎？」
見他不說話，葉真欣有些著急了，「我是為了你好，普通班的人能好到哪裡去。那個蘇在在期中考連年級前一百都考不到，我是不想你被她影響了。」
聞言，他終於抬起了頭，不耐煩卻又認真地反駁她，「她不算理科成績能排年級前二十。」
葉真欣被他這話噎到了。
說完之後，他繼續低下頭寫題目。
「可我算了也能排前二十啊。」她有些不甘心地說道。

葉真欣昨晚想了很久，按蘇在在那個樣子，他應該是喜歡主動點的女生。所以雖然得不到回應，她還是不斷的扯著話題。

一分鐘後，張陸讓冷著臉，推了推一旁的周徐引。

「換個位子。」

蘇在在坐在位子上。

黃媛娟突然走了過來，好奇道：「在在，妳跟資優班的張陸讓在一起了？」

蘇在在愣了一下：「沒有啊。」

「昨天妳被班導叫到辦公室，班裡坐靠窗的人看到妳跟張陸讓一起從辦公室出來的……」

聽到這個話題，坐在蘇在在前面的一個女生也轉過頭來。

「聽說張陸讓很高冷啊，妳跟他在一起不無聊啊？」

蘇在在頓時不想說話了。

過了一下，她還是忍不住開了口：「不無聊，一點也不。」

他有多好，她全都知道。

第二十七章　摸摸美人手

摸到他的手了。
有些涼，卻又感覺很暖。
總之……很爽。

——《蘇在在小仙女的日記本》

週五晚上，蘇在在洗完澡後，趴在床上，手裡拿著手機，雙腳一晃一晃。看著螢幕上的「張讓讓」，她忍不住翻了個身，抱著手機傻笑。

過了一下，她樂呵呵地輸入：『讓讓。』

蘇在在：『我的腳好啦～』

張陸讓：『嗯。』

蘇在在：『所以去騎單車呀。』

他沒立刻回覆。

蘇在在一直盯著那個『對方正在輸入中……』

半分鐘後，蘇在在有些忍不住了。她咬著唇，不高興地問：『你不會反悔了吧？』

蘇在在：『那你還我六排加一排再減去一個的果凍數量。』

蘇在在：『不對，現在物價上漲了，你得賠我一百倍。』

蘇在在：『我因為被爽約，心靈造成了巨大的創傷。』

蘇在在：『加起來，你大概欠我一億左右。』

張陸讓：「……」

他緩緩的把剛剛打的內容刪掉，回覆：『幾點。』

隔天下午，蘇在在拿著袋子，手中抱單車安全帽，出了門。

站在她家樓下的張陸讓看到她手裡的東西：「……」

蘇在在笑嘻嘻地跑了過去，遞給他看。

「我上週就買好啦！」她沾沾自喜道。

「……」

蘇在在把袋子遞給他，囑咐道：「先把這個穿好，護膝和護肘，可不能摔傷了。」

張陸讓抿著唇，接過。

「安全帽去那邊再戴好了。」她喃喃自語。

張陸讓沒說話，但明顯很抗拒那個安全帽。

注意到他的表情，蘇在在反應了過來：「你覺得這個安全帽醜嗎？」

「……嗯。」

蘇在在有些鬱悶：「會嗎？怕你覺得花，還特地選了純黑的。」

見他面上沒什麼情緒，蘇在在也沒再堅持。

「不過好像是不好看……那不戴了，就戴護膝和護肘就好了。」

張陸讓點了點頭。

蘇在在走到單車棚下，把她的單車推了出來。

兩人並肩往社區的一塊空地走去。

蘇在在突然開了口：「讓讓。」

「嗯。」

「老師有打電話給你家長嗎？」

張陸讓猶豫了一下，說：「不知道。」

蘇在在「哦」了一聲，扯到別的話題上：「你知道正常人學會騎單車要多久的時間嗎？」

張陸讓認真的想了想，剛想開口。

蘇在在厚顏無恥的瞎掰：「有天賦的人最少都要半年，像你這種資質平庸的，至少得一年吧。」

張陸讓：「……」

注意到張陸讓的眼神，蘇在在無辜道：「你不相信我？」

「……」

「我騙你幹什麼。」

他別開了眼，沉聲道：「不知道。」

「你怎麼能不相信我？」

「……」

「讓讓，你不能老是提防我。」

「……」

「我對你那麼好，怎麼可能會騙你。」

「……」他要怎麼相信學個單車要一年。

走到空地，張陸讓剛想握住單車的車把，就被蘇在在一把攔住。

「不行！哪能那麼快就實踐！」

「……」

「我們還有理論課呢！」

「……」

「我要跟你講講。」蘇在在指了指那輛單車，「這個叫做自行車，你也可以叫它腳踏車或者單車……」

張陸讓完全不想理她了。

「它的英文名是 bicycle。」

「……嗯。」

注意到他一臉敷衍，蘇在在擰了眉，沒事找事。

「你跟我講講，bicycle 怎麼拼。」

「……」

「不會嗎？那我教你。」

「……學單車。」

「我們就是在學單車呀。」

「……」

講解完那個單字後，蘇在在煞有其事道：「現在我們來學單車的構造。」

「蘇在在。」張陸讓忍無可忍。

「啊？」

「妳是不是不想讓我學。」

「我哪有。」她滿臉無辜。

張陸讓垂下頭，面無表情地盯著她。

蘇在在最受不了被他這樣盯著，她立刻挪開了視線，調整著座墊的高度，隨後看向他，妥協道：「你試試看高度行不行。」

張陸讓單腳撐地，長腿一跨，踩住踏板。

蘇在在猶豫了一下，還是問：「讓讓，你真的不戴安全帽嗎？」

「嗯。」

「那我扶著，肯定不讓你摔，你別怕。」

「好。」他的眼裡閃過一絲笑意。

因為蘇在在的自行車沒有後座，她只能扶著座墊下面的撐桿。

張陸讓右腳一用力，踩住腳蹬，隨後將左腳也放了上去。

蘇在在後頭扶著，小聲提醒：「我扶著，你找下平衡。」

張陸讓低低地應了一聲。

「放心踩，我不會讓你摔的。」她鄭重道。

顧及著在後面扶著的蘇在在，張陸讓騎得很慢。

見他踩得不錯，蘇在在小心翼翼地鬆開了手，但雙手還是放在撐桿的周圍，不敢離太遠。

她莫名的走了神。

今天張陸讓穿了件黑白條紋的連帽衣，修身休閒，看不太清楚他的肌肉曲線。

但因為鞍座跟車把差不多高的原因，張陸讓騎車的時候，身體會稍稍前傾。一個不小心，就會露出一點點肉……

蘇在在咽了咽口水，一隻手忍不住碰了碰。

張陸讓身體猛地一僵，平衡感瞬間消失，他連忙用其中一隻腳撐地。反應快，沒摔著。

蘇在在被嚇了一跳，見他沒摔倒，才鬆了口氣。但她很快就反應過來，連忙道：「我沒摸你。」

張陸讓：「……」

「我絕對沒有！絕對沒有摸你！」

「……」

蘇在在立刻推卸責任：「是你主動把腰扭過來的，我發誓。」

「……」

「我的手好好的放在那……」

張陸讓沉默著，轉頭看她。

蘇在在立刻閉上了嘴，過了一下，她弱弱地說：「好吧，是我。」

隨後面不改色地撒謊：「剛剛有蟲子，我幫你拍掉。」

張陸讓沒再說什麼。

但蘇在在莫名有些委屈：「我碰你一下怎麼了。」

「……」

「我又不是有什麼齷齪的想法。」

「嗯。」他應得很快。

「那你為什麼老是一副誓死不屈的樣子。」

「……我沒有。」

「你別騙我了。」蘇在在垂下頭，鬱悶道：「我又不是不洗澡，你在嫌棄什麼啊，我、我澡都白洗了。」

張陸讓的臉頰燒了起來，有些窘迫：「胡說什麼。」

「你沒嫌棄我是嗎？」

「嗯。」

蘇在在得寸進尺：「那你證明給我看。」

「……怎麼證明？」

她伸出自己的手掌，嬉皮笑臉：「碰碰我的手呀，證明你沒有嫌棄我。」

他立刻別開了臉，不自然道：「別鬧。」

蘇在在瞪大了眼：「就碰個手怎麼了。」

「……」

她想了想，決定降低他的心理負擔，「你沒跟女生擊過掌嗎？」

張陸讓點了點頭。

蘇在在嘿嘿笑，意有所指道：「那你的第一次是我的了。」

「……」

「第一次跟女生擊掌。」她解釋道。

蘇在在舉著手，說：「快呀。」

張陸讓單腳撐地，另一隻腳踩在腳蹬上，雙手放在車把上，垂著眼。

過了一下，他抬起左手，臉頰有些燙，快速地碰了碰她的手心，立刻分開。

蘇在在激動得想跳起來舔自己的手心。她強行忍住衝動，裝作毫不在意。

「我們繼續學騎車吧。」她說。

張陸讓垂著頭，沒答。

蘇在在想了想，說：「讓讓，你還是把安全帽戴上吧，你剛剛差點摔了。」

「不戴。」他直接拒絕。

她有些懊惱：「但我不一定扶得住你呀。」

「……」

「戴吧，安全點。」蘇在在繼續勸。

「……」

蘇在在湊到他面前：「戴嗎？」

她的眼睛像是摻了光，清澈又明亮。笑的時候，桃花眼彎成月牙，唇邊還有一個淺淺的酒窩。看起來可愛又張揚。

張陸讓別開眼：「……嗯。」

蘇在在連忙把放在一旁的單車安全帽抱了起來，遞給他。

他接過，直接戴上。

蘇在在旁邊盯著他調整束帶。半分鐘後，她忽然喊了一聲：「讓讓。」

張陸讓漫不經心地應了一聲。

蘇在在誇讚道：「你拉高了這個安全帽的顏值。」

「……」

「讓讓，你真的好厲害。」

雖然張陸讓能猜到她接下來說的話，大概不是什麼正常的話，但他猶豫了一下還是忍不住問：「什麼？」

「我本來也想說這個安全帽醜的，但你戴了之後。」

「……」

「我就想說，這是一頂美麗的安全帽。」

「……正常點。」

戴好後，張陸讓再度開始騎車。

蘇在在後面扶著，這次她怎麼都不敢鬆手了。

十分鐘後，早就已經找到平衡感的張陸讓忍不住道：「蘇在在，可以鬆開了。」

「不行。」蘇在在立刻反對，「摔了怎麼辦。」

「……」

十五分鐘後。

「蘇在在，鬆開。」

「我不敢……我不敢鬆開。」她苦著臉道。

「……」

二十分鐘後。

張陸讓捏住剎車，輕聲道：「很晚了，改天再學吧。」

「是不是很難？」蘇在在鬆開手，一副過來人的模樣。

他沉默了一下：「……嗯。」

期末考試的前一週，班導師發了文理分組意向表。

一發下來，蘇在在就立刻填了「文組」。

旁邊的姜佳好奇道：「欸，不是說張陸讓選理組嗎？妳不追隨他了？」

「佳佳。」蘇在在語重心長，教育道：「追男人也要理智點。」

「……」

「我選了文組之後，就能當學霸了。」

「……」

「現在的我毫無缺點，完美到無懈可擊。」

「……閉嘴吧。」

結業典禮後，蘇在在傳訊息給張陸讓。

蘇在在：『讓讓，明天出來騎車呀。』

這次他回覆得比往常都要慢。

蘇在在等了一陣子，正想去洗澡的時候，手機響了兩聲。

她點亮手機看了看。

——『我明天回B市。』

——『我家在那邊，開學才回來。』

第二十八章　約定

好久沒見他，好想他。
不過，他當然也會想我。
因為他喜歡我。

——《蘇在在小仙女的日記本》

蘇在在盯著那兩句話，半天沒反應過來。她把手機丟回床上，轉頭拿起睡衣，往浴室的方向走。

很快，蘇在在折了回去，拿起手機，再度盯著那兩句話。因為完全接受不了突然的離別，她有點生氣，卻又沒那個膽子發火。

蘇在在吸了吸鼻子，慢慢地輸入：『那你路上小心點。』

還沒等她傳出去，那頭又傳來一句話。

像是絞盡腦汁想了很久，卻依然只懂得說這幾個字。

——『別生氣……』

蘇在在的手指一頓，她立刻把剛剛的話刪掉，改成：『就生氣！』

張陸讓：「……」

蘇在在：『我平時去喝杯水，就一分鐘的事情，都會跟你說。』

這句話傳送成功後，她沒再說話。盯著螢幕，等著對方的回覆。

這種時候得說少點話，不然對方看不出她有多生氣。

但見他半天不回，蘇在在又忍不住了。

——『你明天就回B市，一個月的時間啊！你現在才跟我說！還是我找你明天去騎單車你才跟我說，要是我不找你……』

她還沒發洩完，手機響了一聲。

蘇在在掃了一眼。

張陸讓：『……我買果凍給妳。』

她的火氣瞬間煙消雲散。

蘇在在抿著唇，再度打臉般的把剛剛的話刪掉，而後輕輕敲打著螢幕，得寸進尺道：『我現在就要。』

他回得很快。

——『好。』

——『五分鐘後下來拿。』

蘇在在有點茫然，立刻走到全身鏡前面照了照鏡子。還穿著藍白條紋的制服，看起來皺巴巴的。頭髮因為被她抓過，看起來有些亂，整個人看起來有些頹靡。她用手梳了梳頭髮，到浴室洗了把臉便往外跑。

蘇母正在客廳看電視，見她走到玄關換了室外拖鞋，皺著眉道：「這麼晚了妳出去幹嘛？」

「我去便利商店買點東西。」她隨口道。

蘇母也沒再問，提醒道：「買完就快點回來。」

「知道啦。」

「外面冷，穿多點。」

「好。」

蘇在在推開門，走進電梯裡，下了樓。

走出樓下大門，看著站在不遠處的樹下等她的張陸讓。似乎每次，他都是站在那裡等。

蘇在在走了過去。

一步、兩步，感覺有些不一樣了。

這次的感覺，真真實實。

她聽到姜佳的聲音在耳邊迴盪。

——「妳不覺得張陸讓對妳特別不同嗎？比如把銀牌送給妳，還有剛剛幫妳搬椅子。」

——「妳想想啊，張陸讓那個前桌都那樣了，他一點反應都沒有。我聽我朋友說，真的是完全沒受影響……」

——「反正我覺得，張陸讓對妳做的事情，絕對不會對別的女生做。」

蘇在在走到他面前，看著他手中的牛皮紙袋，沒說話。

張陸讓猶豫著，也不知道該說什麼。

過了一下，蘇在在輕聲道：「你哪來那麼多果凍。」

「之前買了很多。」他回道。

蘇在在抬頭看他，眼裡像是盛滿了天上的星星，亮晶晶的，閃爍著期待的光芒，「張陸讓，你喜歡吃果凍嗎？」

他頓了頓，輕輕地「嗯」了一聲，然後別開眼，故作鎮定地摸了摸脖子。

蘇在在的心跳漏了一拍。

「我上次買給你的果凍你覺得好吃嗎？」她問。

張陸讓繼續摸著脖子，點了點頭。

「那你吃完了嗎？」

他終於放下了手，乖乖地應道：「嗯。」

不喜歡吃，但是吃完了。

不喜歡吃，卻買了很多果凍放在家裡。

蘇在在垂下頭，她不知道該怎麼形容現在的心情。

狂喜到，想流淚。

見她不說話了，張陸讓微微彎下腰，跟她平視。他扯起嘴角，揚著笑：「不夠我再去買。」

語氣帶著討好。

他為什麼要對妳那麼好，他有什麼原因要對妳那麼好。

蘇在在第一次往那個念頭去猜。

理直氣壯，毫不退縮的想到了那個理由。

蘇在在看著他，說：「不夠。」

見張陸讓點了點頭，蘇在在連忙扯住他的衣角，「等你回來再買給我。」

蘇在在提著那袋果凍回了家。她將袋子放在書桌上，坐在床邊的地毯上，點亮手機，打開了跟姜佳的聊天室。指尖有些顫，慢慢地輸入。

——『佳佳。』

——『我覺得，張陸讓有點喜歡我。』

隔天下午，蘇在在午覺醒來後，她抓起枕頭旁的手機，揉了揉惺忪的眼。手機裡只有張陸讓傳來的一則訊息。

——『到了。』

蘇在在眨了眨眼，立刻坐了起來，她想了想，恬不知恥的打了句話。

——『讓讓走的第一天，想他。』

張陸讓：『……』

蘇在在：『唉，難道你不想我嗎？』

蘇在在盯著對話欄上的『對方正在輸入中……』。

等了一下，沒等到回覆。

蘇在在：『你知道嗎？』

蘇在在：『你打字的時候，我這邊上面會顯示「對方正在輸入中……」的。』

張陸讓：『……』

張陸讓：『我睡覺。』

蘇在在：『讓讓。』

蘇在在：『我想去旅遊。』

張陸讓：『一個人？』

蘇在在：『對呀。』

張陸讓：『別亂跑。』

蘇在在立刻道：『我想去B市。』

張陸讓：『……』

他又不回覆了。

但聊天框上很明顯的顯示著他正在打字。

蘇在在彎著唇，耐心地等待。

半晌後，蘇在在終於收到他的回覆。

——『別鬧。』

——『路上一個人不安全。』

蘇在在把手機扔到一旁，嘆息了聲。

看她能忍到什麼時候吧。受不了了，她絕對會去B市的。

蘇在在就不信她先斬後奏，大美人會不出來。

想著想著，她聽到了父母進家門的聲音。蘇在在爬了起來，打開房門往外走。

還得先跟二老溝通一下才行……

蘇在在一走到客廳，就看到茶几旁邊放著一個小籠子。裡面是一隻小小的雙色柯基，此時正趴著四處望。

蘇在在瞪大了眼，走過去跪坐在籠子旁邊，好奇地觀察。

蘇母也湊了過來，笑道：「可愛嗎？」

蘇在在點點頭，看著那小小隻的，心都要融化了。她忍不住打開籠子，伸手摸了摸。完全忘了要跟父母說去B市旅遊的事情。

「我跟妳爸都要上班，所以妳要好好照顧牠啊。」蘇母道。

蘇在在立刻點點頭，被小柯基萌得雞皮疙瘩都要起來了。

「妳要幫牠取什麼名字？」

蘇在在盯著小柯基，良久後才道：「小短腿。」

蘇母：「……」

家裡突然多了個小生命，蘇在在想去B市找張陸讓的事情也泡湯了。

蘇在在往寵物碗裡倒了點飼料和羊奶粉，再倒溫開水泡開，然後放在小短腿面前，小聲道：「快吃。」

牠湊過去聞了聞，慢慢的舔。

蘇在在坐在牠前面，跟牠說話：「你以後就叫小短腿了知道嗎？」

「這個是你的小名。」

「你的大名叫張小讓，只有我們兩個知道的名字。」

「現在你還小，我就不教你了。」

「以後我喊你張小讓，你必須回應我。」

「就是對我『汪』一聲。」

「知道嗎？『汪』一聲。」

小短腿：「……」

牠吃完之後，便慢慢地爬到窩墊上睡覺。

蘇在在看了一下，想把牠喊起來讓牠陪她玩，但又捨不得。她躺回床上，找張陸讓聊天。

蘇在在：『讓讓。』

蘇在在：『我們來玩成語接龍吧。』

張陸讓回得很快：『嗯。』

蘇在在：『那我先說，魂牽夢縈。』

張陸讓：『縈腸掛肚。』

蘇在在：『我就知道你也想我。』

張陸讓：『……』

蘇在在：『想我要說啊，不然隔著螢幕在總發現不了。』

張陸讓：『到妳了。』

蘇在在撇了撇嘴，繼續道：『度日如年。』

張陸讓：『年少無知。』

蘇在在：『你是不是在罵我。』

張陸讓：『……還玩不玩。』

蘇在在：『玩呀。』

蘇在在：『但是你怎麼能用這種歪門邪道來罵我。』

蘇在在：『這次我就原諒你了，但得換個詞。』

蘇在在：『熟能生巧。』

張陸讓沉默了一下，才回：『巧奪天工。』

蘇在在：『功夫熊貓。』

張陸讓：「……」

他抿著唇，乾脆也亂來了：『貓和老鼠。』

蘇在在：『這哪是成語，你別亂說！』

張陸讓：『……』

張陸讓：『不玩了。』

蘇在在：『唉，讓讓，你脾氣真不好。』

張陸讓：『……』

蘇在在：『只有我會那麼縱容你。』

張陸讓真的不想理她了。他關掉手機，寫了一下作業，最後還是心煩意亂地打開手機，打了句：『我去寫作業。』

除夕晚上，蘇在在跟著父母到爺爺奶奶家吃年夜飯。吃完飯後，幾個長輩坐在沙發上聊著天，堂弟堂妹們直接回房間玩電腦，年齡稍大的也找了個空處坐下玩手機。

蘇在在走到院子裡閒逛著，冷風一吹，她忍不住縮了縮脖子，走到鞦韆椅坐下，屈起腿晃蕩著。

她從外套的口袋裡拿出手機，手凍得有些僵了。

打字速度比平時慢了些。

她呵了口熱氣，慢慢地敲打著：『讓讓。』

蘇在在：『今天除夕呀，你不發紅包給我嗎？』

原以為他在吃年夜飯，會很久之後才回覆。

蘇在在退開聊天室，剛想找姜佳聊天，手機震動了兩下。

蘇在在看到張陸讓的頭像那出現了數字一的紅圈。

──『（紅包轉帳）去買果凍。』

蘇在在眨了眨眼，戳進去點開。

大大的「二〇〇」映入眼中。

她的指尖一頓，不知所措道：『我跟你開玩笑的。』

蘇在在乾脆用語音說話：『讓讓，這兩百塊算是我跟你借的。』

『二月十八號開學，你早一天回來，我就加十塊錢，早兩天回來，我加二十塊錢，以此類推。』

過了一下，他也傳來一則語音，聲音帶了點笑意，說：『不用了，自己留著。』

『你是不是嫌少。』她鬱悶道。

還沒等他回覆，蘇在在便繼續道：『那我改成一百。』

蘇在在一直在說，那邊就一直在聽，也來不及回覆她。

『我跟你說，小短腿的其中一個耳朵終於豎起來了，一個垂著一個豎著，看起來好傻。』

『牠老是隨時隨地拉屎，唉，好疲憊。』

『物理好多試卷，不想寫。』

『你英語作業寫完了嗎？要不要我教你。』

語音源源不斷的傳送了過去。

張陸讓戴著耳機，聽著她一句話結束後，下一句自動播放。他認認真真地聽著，想著她為什麼能有那麼多話說。

終於播到最後一句。

『讓讓，如果你還要回B市，那我考B大好不好？』

他正想回覆，房門被敲了三下。

一個跟他差不多大的少年擰開門把，將頭探了進來。他看著張陸讓，輕聲道：「哥，爸讓你出去。」

張陸讓垂著頭，按了下電源鍵。

那一連串語音，立刻從眼中消失不見，陷入一片黑暗。

很快，他抬頭，對著少年說：「嗯，我很快就出去。」

少年點點頭，後退出了房間，把門關上。

張陸讓再度點亮螢幕，快速地輸入了一句話。

——『不考B大，考Z大。』

蘇在在又傳了句語音過來。

很短，只有一秒。

張陸讓沒有聽，他用舌頭抵了抵腮幫子，小心翼翼卻又期待滿滿的傳了則語音過去。

『一起考Z大。』

第二十九章 兩隔

他不在我眼前，我就害怕。
怕現在他的周圍，是不是有另外一個女生。
也像我這樣死皮賴臉地纏著他。
如果他就這樣被纏上了怎麼辦。
患得患失到惶恐不安。

——《蘇在在小仙女的日記本》

看著螢幕上那句話，蘇在在毫不猶豫道：『好。』

外面的空氣又濕又冷，寒意像是刺進了骨子裡。鞦韆椅晃蕩著，像是引來了風。呼出來的氣息化為白霧，在眼前瀰漫開來。

幾乎是同時，張陸讓傳來一則語音。

蘇在在哆嗦著，戳了下語音，她覺得很冷，只想聽完之後就回到屋子裡去。

蘇在在將手機的聽筒湊近耳邊。

少年聲音溫潤低醇，像是潺潺的流水，一字一句，清清楚楚的傳入她的耳中。

——『一起考Z大。』

可蘇在在卻沒反應過來，她吸了吸鼻子，表情有些呆滯，再放了一遍。

這次她反應過來了。

張陸讓說，一起。

她突然覺得，今年大概會是很美好的一年，不會有比這個瞬間更幸福的時刻了。

那今年就不許願了。

因為，想得到的東西都已經得到了，不能再貪心了。

張陸讓回到房間裡。他抬腳走到書桌前，拿起手機，把耳機拔掉。

蘇在在又傳來了幾則語音。

張陸讓點開剛剛沒聽的語音。

——『好。』

他還沒來得及反應，接下來的語音順勢播放了出來。

那頭帶著風的呼呼聲，少女軟軟的話還帶著淺淺的鼻音。

——『說好了啊，一起考，別反悔。』

——『我覺得今年特別棒，所以就不許願啦。』

——『你有什麼想要的東西嗎？可以跟在在小仙女說，她一定會幫你實現願望的。』

張陸讓走到床邊躺下，右手拿著手機，手臂放在眼前，擋住了光芒的來源。他突然低笑了兩聲。隨後，挪開手，傳了兩句話過去。

——『不用。』

——『別待在外面了，快回家。』

不知道蘇在在做什麼，沒有立刻回覆。

張陸讓站了起來，走到書桌前坐下。把手機放在最顯眼的地方，確定對方沒再傳訊息後，他才挪開了視線，伸手拿起筆。

還沒等他開始動筆，門再次被打開。張陸禮走了進來，直接坐到他的床上。

房間裡依然保持著只有張陸讓一個人在時的寧靜。

過了一下，張陸禮像是猶豫了很久，最後還是下定決心般開了口。

「哥，你別管大伯他們說的話。」

「嗯。」張陸讓應了聲。

「我也覺得他們特別煩人，有病。」

「……」

沉默片刻，張陸禮舔了舔嘴角，換了個話題：「哥，Z市好玩嗎？」

張陸讓沒答。

「剛剛爸說了，要你下個學期開始就回家裡這邊讀高中。Z市和B市的升學考考卷不一樣，題型也不一樣……」

張陸讓的筆尖一頓，淡淡道：「知道了。」

「而且本地生考B大，分數線會低一點。我感覺，這樣的話你也會輕鬆點。」

「……」

「哥，我跟你說，B大……」

張陸讓開口打斷他：「別說這些了。」

「哦……好。」

見他不再說話，張陸讓嘆息了聲，主動開了口：「Z市很好。」

張陸讓主動跟他說話，讓張陸禮的興致又起來了：「我有個同學的家就在那，每次聽他形容，我就想過去那邊看看。」

「嗯。」

「哥，你開學之後我能去Z市找你嗎？」

「……」

「你是不是住宿啊，那我週末的時候過去，你帶我玩玩啊。」

聽到這話，張陸讓恍了神，腦海裡浮現起蘇在在的笑臉，沒心沒肺的。任何時候，都笑得像個傻子一樣。

他抿了抿唇，輕聲拒絕：「不能。」

張陸禮哀嚎了聲，不解地問：「為什麼啊。」

「我沒空。」

張陸讓敲了敲書房的門。

聽到回應後，他才推開門走了進去。

張父正坐在大書桌前看著文件。他頭也沒抬，也不開口。張陸讓也沒主動出聲，安靜地站在原地等待。

過了一下，張父抬頭看他，聲音低沉嚴肅，帶了點恨鐵不成鋼：「你過去那邊有好好念書嗎？」

張陸讓站得筆直，沒說話。

「你在那邊不會只顧著玩吧？」

「……」

「下學期別過去了，你舅舅也忙，哪有時間看著你。」

聞言，張陸讓終於開了口：「我住宿，不用舅舅看著。」

「那你高二再回來能跟得上進度？」

「……」

張父從抽屜裡拿出他的成績單，嘆息了聲。

「年級二十二名，我都不知道該怎麼說你。」

張陸讓想說：他第一次月考排年級三十二，期中考試排年級二十五，這次排二十二，他每次都在進步。

可那又有什麼用，沒有人看得見。

「別去Z市了，去那邊沒人管你，我心裡不踏實。」張父把成績單扔入一旁的垃圾桶裡，「明天早點起來，你媽幫你找了英語家教。」

「我不能在Z市考嗎？」他輕聲問。

張父沒理他，只是道：「回去看書，早點睡吧。」

張陸讓回了房間。他連燈都懶得打開，直接走到床邊躺下。點亮手機，打開跟蘇在在的聊天室。

她剛好回覆：『到家了。』

蘇在在：『今天去爺爺奶奶家吃飯，唉，長輩們老是提成績……』

蘇在在：『不過，幸好我是裡面成績最好的嘿嘿嘿。』

張陸讓突然很想聽到她的聲音。

他垂下眼，慢慢地敲打著：『蘇在在。』

張陸讓：『妳不是要幫我實現願望嗎？』

蘇在在：『你有什麼想要的。』

蘇在在：『只要我有，全都給。』

張陸讓的眼眶有些酸澀。他的喉間一哽，啞著嗓子道：『妳說個笑話吧。』

見他傳語音，蘇在在直接按了語音聊天。

張陸讓愣了下，下意識地按了同意。

接通後，蘇在在的聲音順著電流從那頭傳來。聲音聽起來跟平時不太一樣，但語氣卻一模一樣。

『讓讓，你聽得到我說話嗎？』

張陸讓伸手把耳機扯了過來，戴上：「嗯。」

蘇在在似乎有些苦惱，拖拖拉拉地開口。

『你要聽笑話啊，可我最近沒看到什麼好笑的。』

「那不聽了。」本來就只是想聽她的聲音。

冷場一瞬，蘇在在小心翼翼地開口：『你心情不好嗎？』

「……」

『為什麼呀，除夕就應該開開心心收紅包啊。』

張陸讓沒回答。

她語氣悶悶的，有些氣餒：『你老是什麼都不說。』

張陸讓的指尖下意識地敲打著被褥，似乎在猶豫著怎麼開口。

還沒等他說出話，蘇在在繼續道：『唉，我突然也好難過。』

「……」

『你的情緒隔空傳染給我了。』

「我……」

『你為什麼不開心啊？』

張陸讓想了想，緩緩地說出其中一個占壞心情比例比較小的原因。

「我期末考試考了年級二十二。」

聞言，蘇在在也立刻爆出自己的成績。

『我考了八百二十三嗷。』

「……」

『我們都進步了，多棒啊。』

聽到這話，張陸讓笑了聲，心情瞬間好了一些。

聽到他笑了，蘇在在再接再厲，瘋狂地拍馬屁。

『不過你比我厲害點，你進步了三名呢。整整三名！我才兩名！』

「行了。」他聲音裡帶了笑，聽起來不再像之前那般低落。

但蘇在在還是覺得不是這個原因，她在心底糾結了一番，再次開口問道：『所以你為什麼不開心？』

張陸讓猶豫了下，最後決定實話實說。

「我爸讓我回B市讀書。」

那頭立刻安靜下來。

張陸讓甚至連她呼吸的聲音都沒聽到，他摘下其中一隻耳機，點亮螢幕看了看，沒掛斷。

張陸讓疑惑地「喂」了一聲。

對方立刻掛斷。

張陸讓：「……」

蘇在在現在的心情就像是，大好晴天，莫名打雷，還劈在她這個乖乖待在家沒出門的人身上。

手機震動了幾聲，張陸讓傳了訊息過來。

蘇在在盤腿坐在床上，直接把他的通知關掉。

沒膽封鎖，她也沒看張陸讓傳了什麼過來。

戳開跟姜佳的聊天室。

蘇在在：『我現在的心情……難以形容。』

姜佳秒回：『在一起了？』

蘇在在：『呵呵。』

蘇在在：『被甩了。』

姜佳：『……沒在一起過說什麼甩。』

蘇在在：『他剛剛跟我說一起考Z大，然後現在又跟我說他要回B市念高中了，妳說他是不是在玩弄我。』

姜佳：『這兩個沒矛盾啊……』

姜佳：『他在B市也能跟妳一起考Z大啊。』

蘇在在：『不行。』

蘇在在：『我不在他面前找存在感，他肯定很快就把我忘了。』

蘇在在突然有點想哭。

他遠在另外一個省，另外一個城市，她束手無措。

那些糾纏，能被距離輕易打敗。

蘇在在將臉埋進被子裡，眼淚被棉被吸入，呈現一點又一點深色的痕跡。

很快，她抬起了頭，上網查了查從Z市到B市的機票。

但也沒用。早幾天還好，現在過年，蘇父蘇母肯定不讓她去。

蘇在在鬱悶地點開跟張陸讓的聊天室。

——『怎麼了？』

——『說話。』

——『蘇在在。』

——『我會回Z市的。』

蘇在在舔了舔唇，遲鈍地打字：『真的嗎？』

張陸讓：『嗯。』

蘇在在：『你說話只說一半，嚇死我。』

張陸讓：『……』

蘇在在：『你就應該說「我爸讓我回B市讀書，但我不同意」，你應該這樣說話才對，你絕對是故意嚇我。』

蘇在在：『被你嚇到精神虛脫……』

蘇在在：『我要去睡覺了。』

張陸讓：「……」

儘管張父那樣說了，張陸讓還是自己私下訂了機票。年初七的早上，他便回了Z市。

張陸讓打開密碼鎖，進了家門。

酥酥的前肢撲到他身上，搖晃著尾巴撒嬌。

他彎起嘴角，揉了揉牠的腦袋。

舅舅林茂從廚房裡走了出來，手上拿著一杯牛奶喝著。見張陸讓回來了，也沒驚訝。他抬了抬下巴，懶洋洋道：「收拾完東西幫酥酥洗澡吧，臭死了。」

酥酥伸著舌頭「汪」了一聲。

張陸讓沉默著點點頭。

「我明天送你去啊，記得叫我起來。」

「……嗯。」

「別管你爸，腦子有洞。」

「……」

「你媽也是。」

「……」

張陸讓也沒帶什麼東西回來，只有一個書包，他放回房間裡。隨後下樓幫酥酥洗澡，用吹風機吹乾。

解決完一連串事情後，張陸讓回到房間裡，酥酥跟了進來，躺在他的床邊。

房間裡一片靜謐。人安靜，狗也安靜。

張陸讓再度彎起嘴角，傳了句話給蘇在在。

——『我回Z市了。』

第三十章　他很帥

以前希望他對我好。
現在只希望，他能讓我對他好。
只想寵他……
我是不是瘋了TAT

——《蘇在在小仙女的日記本》

窗簾緊閉，房間裡昏暗一片，唯有手機發著微弱的光。

張陸讓耐心地等待著，手機震動了一下，他垂眸掃了一眼，很快站了起來，走到酥酥旁邊蹲下。

張陸讓摸著牠的腦袋，笑著問道：「要不要出去走走？」

出門前，張陸讓走進林茂的房間。

林茂正抱著電腦打字，注意到他進來了，眼也沒抬。

張陸讓站了一下，輕聲開了口，「舅舅，我想在Z市考升學考。」

林茂手上的動作停了下來，轉頭看他。

短暫的安靜後，林茂嘆息了聲，說：「Z市異地升學考要的證明太多了，你的戶口在B市，而且父母都不在這邊。」

「……」

「我再想想辦法吧。」他說。

張陸讓沉默了一陣，而後點了點頭：「好。」

他正想轉身往外走，林茂再度開了口。

「阿讓，別太受影響了。」

「……」

林茂收回了眼，鄭重道：「你已經做得很好了。」

張陸讓扯了扯嘴角，低低地應了聲。

「你去幹嘛？」林茂突然問。

張陸讓的腳步一頓，緩緩道：「帶酥酥出去走走。」

他以為蒙混過去了。

下一秒，林茂繼續問。

「上次教你騎單車的小女生是誰？」

「……」

「啊，下班回來剛好看到了。」

「……」

林茂自以為是地下了個結論：「看來是女朋友。」

張陸讓終於開了口，表情有些不自然，「不是。」

「噢。」

很快，張陸讓補充了一句：「她才十五歲。」

過了一年了，大概十六了吧。

可還是太小了，小到，讓他覺得碰她一下，都像是在犯罪。

蘇在在被分進了文組資優班。

新鄰座是原本跟她同個班的王南。

王南從門外走了進來，坐回位子上，有些崩潰地開了口：「喂，蘇在在，聽說下週要軍訓啊……」

蘇在在的筆尖一頓，不敢置信地轉頭看他。

「不是說軍訓取消了嗎？怎麼這學期……」

「不知道啊，好像說軍訓和學農一起，都訂好時間了，下週一早上就去。」

「……」

蘇在在立刻起身，往門外走。

理組資優班在文組資優班隔壁。

張陸讓坐在第一組的最後一排，靠後門的位置。

蘇在在喊了他一聲：「讓讓。」

張陸讓轉頭，望了過來。

蘇在在就這樣靠在門邊跟他說話：「好像說下週要軍訓。」

張陸讓沒多大反應，只是點了點頭。

「不過現在軍訓也好，如果是九月份的時候軍訓，那得曬死。」

「嗯。」

蘇在在想了想，繼續道：「我聽說農科所那邊好像很曬，我週末帶防曬乳給你，你軍訓的時候記得塗啊。」

聞言，張陸讓皺了眉：「不塗，別帶。」

蘇在在沉默了一下，然後說：「你是不是覺得別的男生都不塗，就你塗，會感覺自己特別娘的樣子？」

「……」他沒答，但明顯被她說中。

「讓讓，這你就不懂了吧。」

「什麼。」

「其他男生不塗，那是因為沒有人買給他們。」蘇在在笑嘻嘻地說。

「……」

「所以要不要？」

蘇在在盯著他，看到他將頭轉了回去。

隨後，悶沉的一聲傳來，「……嗯。」

到農科所的第一天就開始軍訓。

教官在前面說了一大堆狠話之後，開始讓學生上交手機。他拿著一個麻袋，站在前面等著。

蘇在在乖乖的把手機從書包裡掏了出來。走到教官面前，把手機放了進去。

換好軍訓服，教官帶著文組資優班的人往其中一個場地走去。

到那後，蘇在在發現張陸讓就在他們班隔壁的場地訓練。因為這個原因，她故意站在倒數第二排的位置。

軍訓的時候最醜了，等有空的時候她得跟大美人溝通一下……不准往這邊看。

隔天一早。

蘇在在睡夢中就覺得有些難受，起來感覺腹部下墜，不好的預感傳來。天還早，宿舍的人還在睡夢之中。蘇在在輕手輕腳的下了床，往外走。到廁所一看，生理期果然來了。蘇在在生理期來的時候沒什麼感覺，除了第一天。

第一天痛得能把她折磨死。

她墊了片衛生棉，洗漱完便回到宿舍裡。

宿舍的人陸陸續續起床，蘇在在躺回床上休息了一下，不知不覺就睡著了。

跟她一起被分到文組資優班的筱筱從廁所回來，立刻把她搖醒，說：「在在，快起來，還有十分鐘就九點了，遲到了會被教官記住的啊。」

蘇在在有些茫然，立刻爬起來穿鞋。

兩人快速地出了門。

快到場地的時候，筱筱才發現：「在在，妳的帽子呢？」

蘇在在一驚，下意識地摸了摸她的腦袋。

「我……」她有些著急，邊走邊想，「我好像放在廁所裡了……」

「那怎麼辦啊。」

蘇在在猶豫了一下，說：「我回去拿吧……」

「來不及了啊。」筱筱把她扯到隊伍當中，小聲道：「看看教官怎麼說，第一天呢，可能可以通融一下。」

蘇在在點了點頭，沒出聲。

哨聲響起的時候，教官正好走來。他彎腰把水瓶放在地上，而後掃視了一圈，冷聲道：「站好。」

全班乖乖站好。

「先站十五分鐘，別動。」

「……」

「要動的喊報告。」

教官邊說邊繞著他們走了一圈，很快就發現了沒戴帽子的蘇在在。他的表情一下子就沉了下來，走到她面前。

「妳的帽子呢？」

「……」

「我昨天說了沒，帽子、衣服、褲子、皮帶、鞋子，一樣都不能少。」

蘇在在吶吶道：「說了。」

「那妳為什麼不戴？」

蘇在在因為生理期難受，連說話都軟趴趴的：「……忘記了。」

他的聲音越發大：「妳怎麼不把自己忘了？」

蘇在在正想開口說身體不舒服。

還沒等她說出話來，蘇在在看到眼前跑來一個人。

他的身後有另一個教官怒吼著：「我讓你動了嗎？」

張陸讓跑到蘇在在面前，他微喘著氣，把腦袋上的帽子扣在她的頭上。

帽子被太陽曬得熱乎乎的，被他的汗打得有些濕潤。

蘇在在愣住了。

張陸讓什麼都沒說，直接往回走。

教官沒再為難蘇在在，饒有興致地往張陸讓那邊看。

張陸讓的教官冷著臉看他回來，沒讓他歸隊，冷聲重複道：「我讓你動了嗎？」

張陸讓輕聲回：「報告，沒有。」

隨後，教官再度開口，命令道：「伏地挺身準備。」

張陸讓立刻趴下，伏低身體，保持著姿勢不動。

蘇在在跟教官請了假，走到一旁的樹蔭下坐下。

她盯著張陸讓。

感動是有，但更多的是覺得難過。

看到張陸讓被罰，她覺得很難過。

教官還在他旁邊冷笑著，說：「你覺得你這樣很帥？」

蘇在在垂下眼，嘟囔著：「就是很帥。」

第三十一章　他喜歡我

美好得讓我覺得有點不現實。

——《蘇在在小仙女的日記本》

哨聲響起後，短暫的休息時間到來。蘇在在看到張陸讓站了起來，往廁所那邊走。她連忙小跑著跟了上去。

聽到後面的腳步聲，張陸讓停了下來，回頭看她。

蘇在在停在他面前，踮起腳尖，把帽子戴回他的頭上。

他沒反抗，輕聲道：「不舒服就回去坐好。」

蘇在在從口袋裡把防曬乳拿出來，塞進他的手裡。

「讓讓，你記得塗，你的臉都紅了。」

「……」

「太陽好大，不塗會曬傷的，很痛的。」

「好。」

「耳朵也要塗，隔兩三個小時就要塗一次，不然沒效果了。」

他乖乖地應下：「嗯。」

「你別再亂動了，伏地挺身很累的。」蘇在在囑咐道。

「知道了，回去吧。」

蘇在在沉默了一瞬，然後說：「我的心理承受力沒那麼弱。」

「什麼？」

「教官罵得更凶我也不會哭的。」她鄭重道。

高興是因為你，難過也只因為你。

午休時間。

蘇在在在廁所裡用熱水擦了擦身體之後，便回到宿舍裡。她正打算爬上床，下鋪的筱筱立刻扯著她，八卦地問道：「在在，妳跟理組資優班那小帥哥什麼情況？」

「沒什麼。」她懨懨道。

「還不舒服啊？」

「嗯。」

「那妳快睡一下吧。」

睡得迷迷糊糊之際，蘇在在隱隱還能聽到宿舍另外五人壓低著聲音，興奮的在說今天的事情。

「真帥啊，為什麼我沒有這樣對我的男朋友！」

「不過有必要那麼高調嗎？好無語。」

「是有點吧……」

她擰著眉，把被子蓋在腦袋上，隔絕了外面的世界。

另外一邊。

張陸讓拿著英語單字本在床上背單字。

同宿舍的李煜德湊了過來，對他比了個大姆指：「讓大爺，你真酷。」

另外一個男生開始惋惜，半開玩笑：「被罰個伏地挺身就能俘獲大美女的心，張陸讓你可真有心機。」

聽到這話，張陸讓翻書的動作一頓。

李煜德接了話：「對啊，女生就吃這套，唉。」

「不行了，我也要努力了，都高一下學期了！再不談戀愛這輩子就沒機會早戀了。」

張陸讓：「……」

他的心思一動。

腦海裡卻猛地浮現起一個場景。

夜晚，星空下，少女的臉漲得通紅，滿是不知所措。

——「我沒想過這些，真的，從來就沒有，我發四……」

——「我今年才十五歲……」

張陸讓的額角一抽，他收回思緒，把注意力放回手中的單字本上。

……還是算了。

睡了一覺，蘇在在的精神好了不少，她提前半小時起來，把被子疊成豆腐狀。塗完防曬乳她才開始換衣服。

這次，確定自己沒漏帶任何東西，她才出了門。

來得算早，班裡還有一大半的人沒來。

蘇在在找了個樹蔭坐下，把帽子摘了下來，抱膝發呆。

沒過多久，旁邊湊過來一個男生。他大咧咧地岔開腿蹲在她旁邊，好奇地問道：「妳不舒服啊？」

蘇在在瞟了他一眼，沒答。

「妳跟隔壁班那男的什麼情況？」王南隨口問。

「……」

「問妳話呢！」

「很多情況。」蘇在在敷衍道。

「……」

沉默片刻後，王南突然伸手把她垂在耳邊的頭髮挽到耳後，調侃道：「頭髮這麼散著不熱？」

蘇在在皺了眉，把他的手拍掉：「你幹嘛？」

說完之後，她也不想再待在這裡，直接站了起來。

王南也下意識的站起身，說道：「喂，我跟妳開個玩笑。」

蘇在在轉頭，疑惑道：「那你動什麼手。」

「……」

她本來心情就不好，一點都不想再跟他廢話。

蘇在在剛想走到放水的位置把水瓶放好。一轉頭，就看到往這邊看著的張陸讓。

蘇在在一愣，立刻小跑到他面前。她小聲地問：「你塗防曬了嗎？」

「嗯。」

「我忘了告訴你，你記得要提前半小時塗啊。」

「好。」

蘇在在眨了眨眼，想起剛剛的事情。為了避免造成誤會，不管看沒看到，她都得解釋，「你剛剛看到了嗎？」

張陸讓別開了眼，沒說話。

「讓讓，你別吃醋呀。」

「我沒有。」他皺眉，抬手摸脖子。

「……」

蘇在在突然覺得他好可愛，心情瞬間好了起來。

「不關我的事情，他突然把手伸過來，我都沒反應過來。」蘇在在認真地解釋，想了想，繼續道，「我也覺得你挺吃虧的，要不然你也摸一次。」

張陸讓：「……」

蘇在在厚顏無恥道：「不然我今晚洗完頭之後，明天再來獻身。」

「……」

「你說話……」

她的話還沒說完，面前的張陸讓突然抬起了手。像揉酥酥的腦袋那樣揉了揉她的頭髮。

蘇在在還沒反應過來。

張陸讓立刻別開了眼，丟下一句話就走，「不舒服記得跟教官請假。」

蘇在在站在原地，傻乎乎地點了點頭。

訓練前立正站十五分鐘。

教官邊說著話邊繞著班裡的人走了一圈。幾分鐘後，他走到蘇在在面前，用手指敲了敲她的帽檐，板著臉道：「誰讓妳笑了？」

蘇在在第一次覺得那麼委屈。

她、她忍不住啊！

軍訓結束的那天，學校租了車把學生統一送回學校，學生再各自從學校回家。

蘇在在排在班級的隊伍裡。

班導師突然走過來說：「分配給我們班的車有點小，只有四十個座位，有十個人要分散到別班的車上坐。」

蘇在在撐著傘，低頭玩著手機。

「三個去理組資優班的車坐，還有三個去文組五班，剩下四個……」

聞言，蘇在在猛地舉起手：「老師！我自願坐理組資優班的車回學校！」

老師被她打斷得一愣：「……好。」

隨後，她傳了兩則訊息給張陸讓。

——『讓讓，我等等坐你旁邊。』

——『幫我占個位啊。』

張陸讓：「……」

蘇在在上了車之後，一眼就看到坐在倒數第二排的張陸讓。她走了過去，看著他旁邊的位子上放著他的書包。

張陸讓抬眼，漫不經心地把書包提了回來。

蘇在在坐了下去，轉頭看他。

他的皮膚在陽光下，白到發亮。

張陸讓望向窗外，只露出半個側臉。眼睫向下垂，長而捲，輕顫。嘴唇輕抿，有些微向上彎的趨勢。

蘇在在欣賞一下之後，說：「你一定是塗防曬塗得很細心。」

張陸讓：「……」

「等大學軍訓的時候，我也買防曬給你。」她輕聲說。

蘇在在等了一下，沒等到他的回應。她也不在意，抱著書包窩在位子上，闔上眼。

很快，一旁的張陸讓把她的書包扯過，疊在他的書包上面，而後輕聲道：「睡吧。」

蘇在在看著他，乖乖地「哦」了一聲。她確實也睏，很快就入了眠。

張陸讓看著窗外，發了一下呆。隨後，從書包裡拿出單字本背單字。

沒多久，車一晃。蘇在在的腦袋一偏，靠在他的手臂上。

張陸讓的身體驀地一僵，很快就放鬆下來。他舔了舔下唇，側頭看她。看著她秀氣的臉，突然很輕很輕地開了口。

「我買給妳。」

「以後，妳要什麼都買給妳。」

張陸讓收回了眼，在心裡想著，就讓她靠十分鐘，然後就叫醒她。

十分鐘後，他想，再過十分鐘吧。

就這樣想了一路。

蘇在在跟姜佳約好在校門口等，然後一起到車站坐車。

「我剛剛跟張陸讓一起坐車回來的。」蘇在在笑嘻嘻地說。

姜佳低著頭，不知道在跟誰傳訊息，半晌後才反應過來，說：「可以的，追男神小達人。」

蘇在在想到這週，嘆息了聲：「軍訓太痛苦了，而且還跟妳不同班，頂級的痛。」

「別說了，妳家大美人幫妳戴帽子的事情都傳遍整個年級了。」

「……」

「眼光好，找了個疼老婆的。」姜佳調侃道。

蘇在在沒說話，彎了彎唇。

「跟妳說件事。」姜佳撓了撓頭，有些不好意思，「我跟關瀚在一起了。」

蘇在在傻眼了，停下腳步，震驚地看著她。

姜佳有些窘迫，拍了拍她的手臂：「妳幹嘛呀，太誇張了……」

「妳……」蘇在在完全不知道該說什麼。

「也沒多久，就軍訓前那週。」

蘇在在突然垂下頭：「我覺得自己很失敗。」

姜佳：「……」

「我追大美人追了……」蘇在在開始掰著手指數，「一、二……六，都快半年了我的天……」

「……」

「這週，一定要有實質性的進展！」蘇在在舉起手發誓。

「……妳別衝動。」

週六下午，蘇在在約張陸讓一起出來遛狗。

小短腿已經四個月大了。

蘇在在幫牠綁上狗繩，帶出門，到樓下跟張陸讓會合。兩人走到草坪處，把狗鬆開後，找了個位置坐下。

沉默了幾分鐘，蘇在在猶豫著怎麼開口。很快，她委婉道：「你家酥酥有女朋友了嗎？」

張陸讓：「……」

想了想，性別好像還沒確定。

蘇在在繼續道：「酥酥是公的還是母的呀。」

「母的。」

蘇在在一下子就興奮起來：「我家小短腿是公的耶。」

「……」

「你覺得牠們適合嗎？」

「……不。」

蘇在在瞪大了眼，問：「為什麼啊！性別多合適啊！」

張陸讓沉默了一瞬，有些尷尬：「搆不著。」

「什……」蘇在在立刻反應過來，耳根發燙，「讓讓，你略汙。」

張陸讓：「……」

「佩服得五體投地。」

「蘇在在！」張陸讓皺著眉喊她。

她立刻安靜下來，冷場片刻。

就在張陸讓準備開口的時候，一旁的蘇在在突然開口，說出一句讓他猝不及防的話。

「張陸讓，你喜歡我。」

張陸讓下意識地側頭看她。

那一刻，周圍安靜得像是消了聲。

她也不再說話，緊張地捏著冒了汗的手。眼神肯定，毫不退縮。

張陸讓的腦海裡一片空白，想不起任何事情，聽不到任何聲音。

只能，看到她。

第三十二章　二〇一五年六月八日下午五點

我第一次想讓他滾。
但我沒膽，我慫著了。
慫著慫著就哭了，實在忍不住。

——《蘇在在小仙女日記本》

張陸讓的視線向下垂，注意到她握緊的手心。力道很重，指甲深陷。

張陸讓想，如果他否認了，她會覺得尷尬，或者難過嗎。還是只是一笑置之。

他再度抬起了眼，撞上她投來的目光。

蘇在在抿著唇，表情執拗，等待著他的答覆，像個要不到糖果的孩子。

張陸讓不知道她為什麼會問這個問題。

是他表現得太明顯，讓她覺得困擾了嗎……

張陸讓忽然……有些鬱悶。

他沉默片刻，很快就低低地應了一聲，「嗯。」

喜歡這種事情，不能藏。藏了的話，對方相信了怎麼辦，以後要解釋也挺麻煩的。

更何況，他也藏不住。

張陸讓收回了眼，面上看不出什麼情緒。他不知道接下來蘇在在會有怎樣的反應。

場面靜止了一瞬，下一秒，蘇在在抓住他的手，壓抑住口中將要脫口而出的尖叫。

「讓讓，你真喜歡我？你喜歡我啊？你喜歡我！」

張陸讓：「……」

因為情緒激動，蘇在在眼睛浮起一層水霧，波光瀲灩。就算是得到他肯定的答案，她的眼底還是帶了點小心翼翼。

張陸讓嘆息了聲，說：「嗯，不過我不會影響妳的……」

他的話還沒說完，立刻被蘇在在打斷。

「怎麼能不影響！必須影響！你不影響我你就不是男人！」

「……」

情緒太激動，讓她說話都破了音。

蘇在在平復了下心情，裝作一副鎮定的模樣。

「讓讓，我追了你半年呢！你現在也該給我個名分了吧！」

聞言，張陸讓猛地轉頭看她。臉上滿是不敢置信，半天都緩不過神。

蘇在在被他盯得有些不好意思：「……你、你幹嘛。」

他驀地沉下臉，半晌後才說：「妳跟我說不是。」

張陸讓這話讓蘇在在想起她之前的答覆。

——「妳喜歡我？」

——「我沒想過這些，真的，從來就沒有……」

蘇在在捏了把汗，面不改色的否認：「我沒說過。」

「妳說過。」張陸讓這次格外堅持。

「我真沒說過。」

「……」

蘇在在投降：「好吧，我說過。」

張陸讓的臉色還是不好看，但漸漸的浮起了紅暈。

跟他想的不一樣，被欺騙的感覺……也挺好的。

「那我、我不好意思啊。」蘇在在垂頭，低聲道。

「……」沒看出她哪裡不好意思。

蘇在在回想起那時候的場景，還是覺得自己的反應很機智。

「我說了你肯定會拒絕我，我才不給你這機會。」

「……」

「而且你當時要是拒絕了我，你大概就要孤獨終老了。這麼一想，還是我拯救了你的人生。」

張陸讓的額角一抽：「別胡說。」

「怎麼就胡說了，你明明就愛我愛得死去活來的。」

張陸讓的臉燒了起來：「蘇在在！」

「唉，你說吧，今天在一起，還是明天在一起。」

「……」他沉默下來，沒答話。

蘇在在耐心地等待著。

甕中之鱉，逃不掉了，也不急在這一時。

半晌後，張陸讓猶豫道：「妳現在才高中。」

蘇在在眨了眨眼，有些鬱悶：「你也高中，我們一樣大，你不要用這種大我一個輩分的語氣跟我說話。」

他沒理她，繼續道：「妳爸媽管得嚴嗎？」

為了讓他放下心裡負擔，蘇在在胡說八道。

「當然不啊！他們在我小學的時候就提倡我去談戀愛了。」

張陸讓：「……」

蘇在在還想說什麼，就聽到張陸讓開口道：「還是太早了。」

好吧，蘇在在也不想影響他讀書。

大不了升學考後再在一起，她等得起。反正已經互通了心意，就差捅破那層紙。雖然沒有名分，但以後大概可以對他動手動腳了。

蘇在在突然覺得好幸福。

但兩年……還是覺得好漫長。

她再接再厲道：「那什麼時候？」

張陸讓想了想，緩緩道：「等妳大學畢業之後吧。」

蘇在在：「……」

她側頭看他，以為自己聽錯了：「你說什麼？」

「你剛剛是不是說了『大學』兩個字？」

「……」

「……沒有。」

反應過來後，蘇在在瞪大了眼，不敢置信道：「張陸讓！你瘋了吧！」

張陸讓被她這激動的反應弄得有些愣：「怎麼了。」

蘇在在決定聽他解釋：「為什麼要等大學畢業之後？」

「妳還小。」他認真道。

「……」她第一次被人嗆得一句話都說不出來。

蘇在在的精神開始崩潰，憤怒地分析道：「讓讓，你是不是重生回來的，上輩子連孫子都有了。」

「……」

「或者說，你是從舊社會穿越過來的。」

張陸讓的眉頭擰了起來：「別胡說八道。」

蘇在在立刻炸了：「張陸讓！你太自私了！」

「……」

「你剝奪我早戀的權利就算了！你現在還想讓我奔三了才開始我的初戀！你做夢吧！你太自私了！」

「我……」

「我不想跟你說話了，你別跟我說話。」

蘇在在別開頭，站了起來，往小短腿那邊走去。她蹲下身子，幫牠綁上狗繩。

張陸讓跟在她身後，有些不知所措。他頓了頓，軟下聲音道：「蘇在在，早戀不好。」

蘇在在蹲了半天，幫小短腿綁好狗繩也沒起來。

張陸讓猶豫了一下，抬腳走到她的面前，也蹲了下來。近看才發現她眼眶紅了，正啪嗒啪嗒地掉著淚。

張陸讓愣了，有些手忙腳亂：「妳哭什麼？」

「嗚嗚嗚太可怕了……」蘇在在哭出聲，「我居然還要單身六年，我不敢想像，你別跟我說話……」

他瞬間哭笑不得。

「那升學考之後好不好。」張陸讓妥協，輕聲哄道。

蘇在在瞬間止住了哭聲。

被他這麼一嚇，蘇在在突然覺得能升學考之後就在一起真的是太幸福了。

兩年算什麼……一晃就過去了。

她吸了吸鼻子，嚴肅道：「那就二〇一五年六月八日下午五點。」

張陸讓乖乖地點點頭，不敢再說別的，只是道：「別哭了。」

蘇在在回了家。她全身疲憊的在床上躺了一下，隨後拿起手機找姜佳。

蘇在在：『我……』

蘇在在：『唉。』

姜佳：『幹嘛。』

蘇在在：『妳知道嗎？張陸讓比我爸還保守。』

姜佳：『……』

蘇在在：『正常人長了他那張臉，不應該趁年輕的時候多撩點妹嗎。』

姜佳：『什麼情況？』

想到今天的張陸讓，蘇在在的眼眶又紅了。

崩潰地敲打了一句話上去。

——『希望妳四十歲之前能看到我跟張陸讓結婚。』

第三十三章 不想放手

想跑，想得美。
獻了身，我還能考慮一下。

——《蘇在在小仙女的日記本》

六月份，天氣漸漸從溫涼到燥熱。天空瓦藍透澈，水泥地被曬得滾燙發熱。耳邊傳來蟬的嘶叫聲，斷斷續續，很響亮。

教室裡，七八個學生圍在後門旁的公告欄看月考的成績。很快就傳來一片哀號聲。

筱筱忍不住從前面轉過頭來跟她說話，語氣壓低了些，對著班裡其中一個人抬了抬下巴。

「那個陸雨，這次考了年級第二，居然還抱怨自己考不好。」

蘇在在一手托腮，另一隻手拿著筆，懶洋洋地在本子上畫著。聽到她的話，蘇在在抬起了頭，表情有些猶豫，很快就開了口：「可她上次考第一。」

筱筱把接下來的話咽了回去，「……好吧，學霸的世界我不懂。」

感覺有些冷場了，蘇在在扯了個話題：「這次第一是誰啊？」

與此同時，她旁邊坐著的人回來了。恰好聽到蘇在在的問題，王南挑著眉道：「我啊。」

「噢。」蘇在在沒再說話。

見他回來了，筱筱好奇道：「喂，南神，你這次數學也考了滿分？」

「沒有。」王南嘆了口氣，「最後一題計算錯了，粗心大意。」

說完之後，他看了蘇在在一眼，刻意地補充道：「不過過程都寫對了，我覺得不難，挺簡單的。」

可她完全沒反應。

恰好上課鐘響起，王南挫敗地垂頭，翻開書。

過了一下，蘇在在小聲地開了口：「王南，你知道冷氣遙控器放在誰那嗎？」

天氣一熱，教室裡便開了冷氣。教室的空間不小，因此Z中每間教室都裝了兩臺冷氣。因為冷氣室外機的緣故，兩臺都裝在最裡頭那一組的那側。

蘇在在剛好坐在那一組。

「好像在班長那吧。」王南轉頭看她，「但沒用啊，他們都調到二十八度了，不可能再往上調了，不然靠門那組會熱死。」

蘇在在吸了吸鼻子，搓了搓手臂：「知道了。」

注意到蘇在在凍得嘴唇都紫了，王南撓了撓頭，忍不住說她：「我昨天不是提醒妳帶外套了嗎……」

「忘了。」

他猶豫了一下，說：「要不然我的借妳？」

蘇在在轉頭看了他一眼，表情有些猶疑。她很快就收回了視線，將自己縮成一團。

這樣感覺暖了不少。

蘇在在再次搓了搓手臂，讓手上被凍出來的雞皮疙瘩消下去。隨後，她甕聲甕氣地拒絕道：「不用，我不喜歡穿別人的衣服。」

王南沒再說話。

蘇在在想了想，繼續道：「不過還是謝謝了。」

下課後，蘇在在拿起水瓶，打算去飲水機那裝點熱水。

一出教室，一陣熱浪襲來。讓蘇在在冰冷的身體瞬間舒緩了些。沒走幾步，就撞上了從理組資優班出來的張陸讓。鼻梁撞上他的背，有些痠麻。

蘇在在用手揉了揉鼻子，抱怨道：「你是不是想謀殺你未來的老婆。」

張陸讓：「……」

他直接忽略了蘇在在的話，轉過身，垂頭看著她的臉。

確定她沒撞疼，他才鬆了口氣，很快就皺著眉教訓她：「別亂說話。」

「我亂說什麼了？」蘇在在不服氣地問。

「……」

「我說的不對嗎？」

他沉下臉，冷聲道：「蘇在在。」

蘇在在一下子就慫了，但還是硬著頭皮指責他。

「你幹嘛，每次說不過我你就凶我。」

「……」

蘇在在思考了下，振振有詞道：「我哪說錯了？我們連什麼時候在一起的時間都定好了，談戀愛的下一步不就是結婚嗎？」

張陸讓別過頭，耳根發燙，不想理她。

「所以我說我是你未來的老婆有什麼錯？」

「……」

完全得不到他的回應，蘇在在鬱悶道：「你是不是想玩弄我。」

聞言，張陸讓轉頭看她，否認道：「沒有。」

蘇在在才不理他說的話：「可你居然連結婚都沒想過。」

「……」

「我對你很失望，你是個流氓。」

張陸讓忍無可忍，心中的話直接脫口而出：「我想過。」

蘇在在傻了，呆呆道：「你說什麼？」

他表情極度不自然，彆扭地挪開了視線。

下一秒，蘇在在的臉紅了個澈底。

兩人裝完水後，見張陸讓直接抬腳往回走，蘇在在連忙扯住他：「我們晚點再回去吧，教室太冷了，我在外頭緩緩。」

張陸讓的腳步一頓，但還是繼續往回走。

蘇在在也不再強求。

她走在張陸讓的旁邊，突然想起一件事情，「讓讓，你這次數學考多少分呀。」

他淡淡答：「一百五十。」

蘇在在垂下頭，替他開心，彎了彎唇。隨後，她小聲地開口，心情有些低落。

「我才考了九十分，剛好及格。」

張陸讓下意識地側了頭，看著她臉上的表情。很快，他莫名其妙開了口：「這次數學挺難的。」

蘇在在轉頭，見他滿臉認真，原本垂在大腿旁的手卻又抬了起來，搭在脖子上。

她有些茫然，很快就反應過來，「哦」了一聲。蘇在在湊到他面前，嬉皮笑臉道：「讓讓，你在哄我耶。」

說這話的時候，兩人剛好走到了理組資優班門口。張陸讓沒回她，直接走進班裡，丟出一句話。

「在這等我。」

雖然不知道他要幹嘛，蘇在在還是乖乖地站在門口。沒過多久，他就拿著外套走了出來。

蘇在在立刻把手背到身後，完全不肯接。

「你自己穿，你的座位也在冷氣下面啊。」

「……」

「讓讓，你生病了才是對我最大的困擾，你別老給我添麻煩。」

他嘆了口氣，說：「我帶了兩件。」

聞言，蘇在在放在背後的手漸漸放鬆了，疑惑道：「啊？你幹嘛帶兩件？」

張陸讓沒回答她的話，扯住她的手腕，把衣服塞進她的手裡。

「別感冒了。」他輕聲說。

日子就這樣一天一天的過去。

張陸讓出了家門，坐上林茂的車。他將書包放在一旁，側頭看著外面的景色。

陽光刺眼，讓人看恍了神。

張陸讓收回了眼，稍稍調整一下坐姿，闔上眼。

林茂沒有立刻發動車，他的指尖敲打著方向盤，似乎在思考著什麼。隨後，他嘆息了聲，開口道：「阿讓，你下學期可能還是要回B市讀高中。」

聽到這話，張陸讓立刻睜開了眼。

「Z市異地升學考要的證明太多了，我沒有那個把握能讓你在這邊考……」林茂頓了頓，繼續道，「我跟你爸說了，他說不會讓你去B中讀的。」

張陸讓沒說話。

林茂也不知道該說什麼了，默默地發動了車子。

很快，張陸讓開了口，輕聲道：「那我寒暑假的時候能過來嗎？」

聽到他開口，林茂才鬆了口氣：「要過來就過來，你爸媽不讓我就過去接你過來。」

張陸讓沉默了下來，腦袋一片空白。他莫名地想起了那天，蘇在在看著公告欄上的成績，瞪大了眼，笑嘻嘻地誇他。

——「讓讓你太厲害了吧！」

他的好，就算別人看不到，蘇在在也看得到。

張陸讓突然扯了扯嘴角，像是豁然開朗般地開了口。

「舅舅，就去B中吧。」

張陸讓剛走進教室沒多久，蘇在在就從後門走了進來，站在他的位子旁邊。

張陸讓習慣性地站了起來，坐到隔壁的位子上，把自己的位子讓給她。

蘇在在坐了下來，笑了半天，張陸讓在旁邊一臉冷漠。

蘇在在笑夠了才開了口：「讓讓，你知道物理老師剃光頭了嗎，天啊，笑死我了……這也太光了吧。」

張陸讓：「……」

被他盯得有些莫名其妙，蘇在在眨了眨眼，問：「幹嘛呀。」

張陸讓沉默了一瞬，說：「他上週一就剃了。」

「……」蘇在在立刻垂下頭，乖乖承認錯誤：「我、我沒抬頭看過他……」

張陸讓皺起眉頭，冷聲道：「蘇在在，好好聽課。」

蘇在在沒反駁，乖乖地點頭。她有些疲憊，覺得自己好像，喜歡上一個教務主任。

張陸讓教訓完她後，嘴巴又張了張，卻還是什麼都沒說。

高一下學期的結業典禮後，蘇在在絕望地躺在床上，動都不想動。

一點都不想放假，一放假就要開始異地戀了。

異地戀，就等同於有了潛在的並且不易察覺的情敵。

她還沒往深點去想，手機震動了下。

張陸讓傳來一則訊息。

——『現在能出來嗎？』

出了門，蘇在在蹦跳著跑到張陸讓的面前。看著他表情不太好，她立刻收起笑臉，問道：「怎麼了……」

夜晚，氣溫有些涼。路上沒什麼人，氣氛安靜得有些沉。風吹，身旁的樹晃動著。

張陸讓舔了舔唇，小心翼翼道：「蘇在在……」

「啊？」

他垂頭，盯著她的眼：「我下學期回B市讀書了。」

張陸讓的語速很慢，咬字清晰。

蘇在在聽得一清二楚。

她愣了愣，還是裝作沒聽清楚的樣子。沉默了一瞬之後，才緩緩地開了口，「我不知道你在說什麼……我要回家了。」

張陸讓立刻扯住她的手，說：「我……」

蘇在在甩開他的手，眼淚立刻掉下來。她抬起手，捂住眼睛，忍著哭腔發脾氣，「你每次都這樣！」

張陸讓站在她身前，喉結滾動著，不知道該做出什麼反應。

蘇在在垂著頭抹眼淚，開始說反話：「算了，你愛怎樣怎樣，你高興最好。」

張陸讓張了張嘴，還沒說出話。

眼前的蘇在在突然哭出了聲，扯住他的手，嗚咽道：「不行，你不准回去，哪有你這樣的……我不管……」

「蘇在在，別哭了。」他嘆了口氣，「我沒辦法在這邊升學考才回去的。」

「不行！」她完全聽不進去，只知道拒絕。

「我放寒暑假的時候會回來的。」他說。

聽到這話，蘇在在才慢慢的地止住了哭聲。

可她還是受不了。

上學要上五個月，寒假才放一個月。

差了五倍……

「那你什麼時候回去？」她紅著眼，問道。

他認認真真地回答：「開學前一週我再回去。」

「你不會到那邊就喜歡上別的女生了吧？」

張陸讓有些窘迫：「……別胡說。」

蘇在在的思緒還有些混亂，胡亂地說著話。

「你又不肯給我一個名分。」

「……」

她想了想，認真道：「那你親我一下我才讓你去。」

聲音帶了點鼻音，像是在撒嬌。

聞言，張陸讓後退了一步，整張臉紅得像是滴了血。他壓低了聲音，咬著牙道：「蘇在在！」

蘇在在的眼眶還是濕潤潤的，在月光的照耀下泛著光。她立刻扯住他的衣領，滿臉任性。

絕不讓他逃，也不想讓他逃。

——《當我飛奔向你》未完待續——

高寶書版集團
gobooks.com.tw

YH 155
當我飛奔向你【上】
作　　者　竹已
責任編輯　吳培禎
封面繪圖　虫羊氏
封面設計　虫羊氏
內頁排版　賴姵均
企　　劃　何嘉雯

發 行 人　朱凱蕾
出　　版　英屬維京群島商高寶國際有限公司台灣分公司
　　　　　Global Group Holdings, Ltd.
地　　址　台北市內湖區洲子街88號3樓
網　　址　gobooks.com.tw
電　　話　(02) 27992788
電　　郵　readers@gobooks.com.tw（讀者服務部）
傳　　真　出版部(02) 27990909　行銷部 (02) 27993088
郵政劃撥　19394552
戶　　名　英屬維京群島商高寶國際有限公司台灣分公司
發　　行　英屬維京群島商高寶國際有限公司台灣分公司
法律顧問　永然聯合法律事務所
初　　版　2024年4月
初版二刷　2024年5月

本著作物《她病得不輕》，作者：竹已，由北京晉江原創網絡科技有限公司授權出版。

國家圖書館出版品預行編目(CIP)資料

當我飛奔向你/竹已著. -- 初版. -- 臺北市：英屬維京群島商高寶國際有限公司臺灣分公司, 2024.04
冊；　公分. --

ISBN 978-986-506-949-0(上冊：平裝). --
ISBN 978-986-506-950-6(下冊：平裝). --
ISBN 978-986-506-951-3(全套：平裝)

857.7　　113003804